淘寶黃金手

第二輯 卷六 敵友難分

羅曉 著

目錄

第八十六章　生米煮成熟飯……5
第八十七章　漁翁之利……21
第八十八章　首腦人物……41
第八十九章　冥冥天意……59
第九十章　傳家寶……77
第九十一章　閉門羹……95
第九十二章　大清聖旨……115

第九十三章 逆鱗 …… 135
第九十四章 好漢不吃眼前虧 …… 151
第九十五章 大人物 …… 171
第九十六章 不到黃河心不死 …… 193
第九十七章 隱形力量 …… 213
第九十八章 接班人 …… 231
第九十九章 下馬威 …… 249
第一〇〇章 超級員警 …… 265

淘寶黃金手 第二輯

第八十六章

生米煮成熟飯

即使周宣恢復了記憶那又如何？
無論如何，周宣已經與魏曉雨發生了關係，
生米煮成了熟飯，就算周宣恢復了記憶，
魏曉雨的事也會像一道裂痕一樣，擺在她跟周宣的中間。
或許，這將是一條永遠不可修復的裂痕。

周宣詫異不已，他居然說是自己的妹夫，自己有妹妹嗎？呆了呆問道：

「你能跟我說說關於我的事嗎？」

那自然是要說的，李爲可不會瞞著他說謊。

而且，李爲並不知道周宣是跟魏曉雨私奔的。魏曉雨的事情，魏家都守得嚴嚴實實的，除了魏家父子四個男人外，就再沒有其他人知道了，魏曉晴更是被瞞在鼓裏，如果讓她知道，誰也不敢保證魏曉晴會做出什麼樣的舉動來。

傅盈這次把李爲偷偷從國內急急叫過來，事先並沒有透露半分周宣和魏曉雨的事情，只是對李爲說找到了周宣，但周宣似乎受傷失憶了，而且還叮囑李爲千萬不要告訴家裏人，一個人偷偷趕過來就好。

李爲自然是不敢怠慢，向周瑩撒了個小謊，然後搭機飛往倫敦，到酒店與傅盈會過面後，確定是周宣無疑，心裏頓時高興的不得了。

周宣把事情前後問了個清楚明白，尤其是魏曉雨和他的事情。李爲跟魏家的關係不比尋常，又因周宣跟魏家的關係同樣深厚，周宣問起魏曉雨的事，他也沒有想別的，就照直說了。

待得周宣弄清楚情況後，不禁呆若木雞。如果李爲所說的一切都是真的話，那他豈不是太對不起傅盈了？

但現在，他若是要對得起傅盈的話，那有了孩子的魏曉雨豈不是要變成孤兒寡母了？一時間不禁爲難到了極點。

此刻，他心裏又想到李爲說的整日以淚洗面的母親和妹妹，如果真這樣和魏曉雨在摩洛哥隱居下去，那他也太不孝了。

看到周宣沉吟猶豫的樣子，李爲說道：

「我的大哥，趕緊回去吧，家裏人哪個不擔心你啊？到現在都不知道你到哪裡去了！我這次來是漂亮嫂子讓我偷偷趕過來的，家裏人誰也不知道，你想要家裏人安心，就趕緊回去，我馬上訂機票吧！」

李爲說著，就掏出手機來準備訂票。不過，周宣卻一下子攔住了李爲，「李爲，你……還是別打電話了，我不會回去的。」

李爲詫道：「什麼？不回去？爲什麼？」

周宣咬著唇沉吟著，不知道該不該說，如果李爲和傅盈說的都是事實，那魏曉雨就是欺騙了他。

而且，周宣基本上相信這是事實，李爲說話時不像是撒謊的樣子。其實，他是不是撒謊，周宣用異能探測氣場基本上就能感覺到。

但說到底，周宣還是因爲失去了以前的記憶，才會出現這麼多狀況。雖然他相信李爲說

的事實，但與傅盈畢竟沒有共患難的深厚感情的記憶，所以雖然覺得有些對不起她，卻不是非那樣不可，反而是這段時間以來，他與魏曉雨有著不可取代的感情在先。

魏曉雨雖然欺騙了他，但這些都是基於愛他的基礎上，騙他也是善意的，而現在魏曉雨又懷了他的孩子，周宣想不出要是自己離開她以後，她會淒慘到什麼程度。

一個千金小姐，尊貴無比的身分，有著驚人的美麗，各方面都是最優秀的，這樣的一個女孩子，卻是不顧一切地跟他流浪天涯，爲他付出一切而無怨無悔，他又怎麼能做出對不起她的事？

自己雖然對不起那個傅盈，但終究心裏面沒有關於她的記憶，即使對不起她，心裏也好受一些，乾脆不見她。父母弟妹也暫時不見。

這些事，他暫時還沒有想出解決辦法，就是魏曉雨的父母那裏，只怕自己也無法面對，這一切，都是難題。

「李爲，我不能回去，因爲我有了別的女人。」周宣猶豫著說了出來。不管怎麼樣，這個李爲似乎不是用簡單的理由能打發的，只能以事實來讓他退卻。

「什麼？」李爲大吃一驚，驚訝莫名地問道，「你……有了別的女人？那怎麼可能？是……什麼女人？」

李爲吃驚之下想到，莫非周宣在這段時間傷心過度，在國外找了洋女人？腦子裏急轉如電，心想：洋妞比中國妞好說話，給她一筆錢把她打發走了，有錢就好說，無論如何都得把周宣弄回去。

周宣還在猶豫著要不要說出魏曉雨來，又擔心李爲的反應，卻聽到房門輕輕響了兩下敲門聲，房門就被打開了，魏曉雨和傅盈同時走了進來。

周宣瞧著她們時，魏曉雨的表情是倔強不認輸，又有些驚恐和擔心，而傅盈卻是悽楚的表情。周宣心下兩難，但無形中，天平卻是傾向了魏曉雨。

魏曉雨很聰明，嘴裏雖然一句話不說，但一雙手卻是輕輕捂著小腹，這就是暗示周宣，我肚子裏可是有你的孩子。

李爲見到傅盈不奇怪，但忽然間見到了魏曉雨，不禁呆了一下，然後傻傻地問道：

「曉……曉雨，你怎麼會在這兒？是漂亮嫂子告訴你的？」

在李爲心裏，還以爲傅盈是跟魏曉雨私交很深，緊要的關頭把她當好朋友叫過來幫忙的，於是下意識地這樣問。但魏曉雨臉上卻是一紅，咬緊了牙沒有回答他。

傅盈卻是冷冷地說道：「我可沒有叫她來，也不敢勞駕她。」

李爲聽傅盈的語氣有些不對，怔了怔，忽然覺得氣氛有些不自然，想到周宣剛剛跟他說的話，傻傻地詫道：

「你……你……你的女人是……是……」

李爲忍不住指了指魏曉雨，但心裏怎麼也不相信周宣與傅盈的感情會生變，無論如何他也不相信會是這樣，周宣怎麼會拋棄了傅盈，而和魏曉雨在一起了呢？

周宣嘆息了一聲，然後默默地拉住魏曉雨的手，並排站在一起，對李爲說道：

「不錯，就是曉雨。」

李爲驚訝得不知所措，甚至連話也說不出來。

傅盈一時間覺得了無生趣，眼淚不由自主地順著臉頰流了下來。

周宣的這個決定，深深地刺傷了她。雖然她知道周宣是受傷失憶了，但現在事情變成這樣，不容解說，即使周宣恢復了記憶那又如何？

無論如何，周宣已經與魏曉雨發生了關係，生米煮成了熟飯，就算周宣恢復了記憶，魏曉雨的事也會像一道裂痕一樣，擺在她跟周宣的中間。或許，這將是一條永遠不可修復的裂痕。

傅盈從沒覺得像這般的無奈，這般的痛心，這般的軟弱無力，一下子，這個世界似乎再也沒任何事可以讓她留戀了。

李爲呆怔了片刻，省悟過來後急搓雙手。眼見傅盈的情緒已經低落不堪，李爲也暗暗心焦。如果說，周宣新換的這個女人是個洋女人，或者是個不認識的女人，李爲完全有把握搞定，無論如何都可以把周宣拉回去的。但現在，這個女人竟然是魏曉雨，那李爲就無可奈何了，無論幫誰都不對。

李爲也不傻，想想也有些明白了，魏曉雨不是普通人，她跟周宣的事既然都幾個月了，魏家的長輩不可能一點情況都不知道，搞不好魏家老爺子和魏家三兄弟都知道這件事。

李爲這樣一想，忽然想到這段時間他在魏家二叔魏海河那兒找尋周宣時，魏海河表情很是古怪，似乎遠沒有周宣一開始失蹤時那麼急切，現在回想起來，頓時明白，說不定魏家人已經知道了魏曉雨的事，那他還有什麼好說的？

李爲現在顯然爲魏李兩家的關係所阻擋，縱然想爲傅盈說話，此刻也是無能爲力了。

李爲沉默下來。傅盈心知無望了，一顆心沉到海底，心如死灰，閉上了眼睛，眼淚流出的時候，連呼吸都在心痛。

呆呆地站立一陣，房間中的四個人各是一番表情，但卻都無話可說。

傅盈擦了擦淚，忽然笑了笑，對周宣說道：

「周宣，我不怪你，只要你過得好，那我就安心了。現在，我走了。從今以後，你們兩個就好好的過日子吧。」

說完，傅盈決然地返身走出房間。

那種決然，周宣甚至感覺到了一種悲壯，心裏忍不住又絞痛了一下。

李爲看出不對勁，對周宣道：「宣哥，你……哎……」

李為剛要張口，看到魏曉雨時，卻又什麼也說不出來了，只嘆了口氣，搖搖頭追了出去。

周宣一雙腿似乎有千斤重一般，想追傅盈，卻又提不起來。魏曉雨楚楚可憐地挽著他的手臂，一雙眼淚花花地望著他。

周宣茫然地望著門外，傅盈那淒美欲絕的眼神讓他心痛，剎那間，他似乎與傅盈有了些心靈互通，難道真如李為所說，自己與傅盈曾經有過生與死的感情經歷？

周宣終究沒有邁腿走出房間。魏曉雨鬆了一口氣，扶著周宣坐到沙發上，又倒了一杯水給他。周宣毫無感覺地接過杯子，順手將水傾倒在嘴裏，水從嘴唇兩邊流出來，滴在身上。

魏曉雨趕緊拿了毛巾給他擦拭，見周宣這般魂不守舍的模樣，想要生氣，卻又氣不起來，她知道周宣是為了傅盈才這般模樣的，這一切，不都是因為她嗎？

周宣已經知道了事情的真相，卻沒有她想像中的那麼激烈，起碼表情是很淡然的，也沒有責怪她，這反而讓魏曉雨有些不知所措，最關鍵的是，傅盈竟然放棄了，成全了她跟周宣，這讓魏曉雨也有點於心有愧。

周宣魂不守舍的模樣，讓魏曉雨既心痛又傷心，這就是她想要得到的結果嗎？理想中的生活，不就是她跟周宣美滿地在世外桃源悠閒的生活嗎？

周宣腦子裏迷迷糊糊的，只覺得心痛，彷彿整個心空蕩蕩地，沒有著落一般。

呆坐半晌，周宣伸手把九星珠從袋裏摸出來，這顆淡淡黃色的珠子在掌心中停留著，所有的一切，不都是因它而起嗎？

周宣心痛若絞時，一把將手緊緊捏住，太陽烈焰的高溫施出，將九星珠烘烤得火燙，隨即用力一捏，「喀嚓」一聲，九星珠頓時在他掌心裏碎成了一堆粉末。

魏曉雨吃了一驚，伸手欲攔時，卻是晚了一步，周宣掌心裏只剩下了一團黃色的粉末。

九星珠的重要性，魏曉雨很清楚，就算不會再引起九龍鼎的危機，但九星珠本身對周宣的幫助作用是很大的，從家裏離家出走時，周宣也只拿了一顆九星珠出來，一旦受傷或者異能損耗嚴重時，靠的就是這顆九星珠幫他迅速恢復能量，否則，要是只靠他自己練習恢復的話，那費的時間就大大增加了。

周宣嘆了一聲，把手一撒，將掌心裏的九星珠粉末撒出去，一片粉霧飄起。

就在這時，周宣忽然覺得左手腕中一動，異能彷彿見到美食一般自動活躍起來，撒在空中的那團粉末也如有生命一般活了起來，前後彎彎曲曲有如一條活的長蛇一般，最前端跳躍著迎向周宣的左手，一接觸的時候，那粉末蛇頭就若無物一般，直接便鑽進了周宣的手腕中。

周宣無比奇異，不知道會發生什麼結果，任由異能和九星珠粉末自動交接。

長蛇一般的粉末鑽入進周宣的左手後，周宣只覺得左手腕裏的丹丸並沒有變大或者變純，但卻使全身的皮膚有一種火熱的感覺。

窗戶外的陽光射進來，落在周宣的身上，周宣忽然覺得那一縷縷的陽光照射在他身上時，皮膚猶如有嘴一般，將陽光吸收到身體裏，然後轉化成一涓涓異能細流，在全身流動不休，而陽光轉化成的異能隨著不絕的陽光，源源不斷地湧入。

換句話說，現在周宣因為九星珠粉末的原因，竟然能直接吸收陽光變成異能，與之前吸收太陽以及一切熱能轉化成太陽烈焰的能力又有所不同，也高級了不少，現在吸收的太陽能量直接轉化成了合而為一的異能，而不是單純的太陽烈焰能力。

可以說，周宣變成了只要在陽光下，就有用不盡使不完資源的能量體，太陽的能量讓他像一個可以發電的機組一般，只要發電機在轉動，能量就會源源不斷。

魏曉雨在一旁瞧得直發呆，不知道這又是什麼異象，見周宣癡立不動，也不敢打擾驚動他，怕引起錯亂。

周宣身體裏的異能熱流越聚越多，漸漸彙集成一條河，包裹著異能丹丸在全身經脈闖蕩，把周宣原來就已經很堅實通暢的經脈再次壯大。

周宣腦子一震，異能闖開經脈的同時，腦子裏堵塞的神經豁然暢通，腦子裏異能流過，丟失的記憶如同一道清澈見底的涓涓流水淌過，他的記憶竟在此時完全恢復過來了。

周宣如同看電影一般看著自己的往事，絞痛的感覺又再次湧上心頭。淚眼模糊中，腦子眼前儘是傅盈的影子，這時才明白，剛剛傷害傅盈有多深，有多麼不能原諒。

魏曉雨見周宣在異象中呆立一陣後，忽然間淚如泉湧，頓時驚得傻了，手忙腳亂地問道：「周宣……你……怎麼了？哪裡痛嗎？」

周宣搖搖頭，雙手捂著臉，淚水浸過手縫流了出來。傅盈的深情，傅盈的身影，傅盈的痛苦，一切一切都塞滿了他的腦子，讓他痛不堪言。

一切大錯都已鑄成，離家出走尚且可以補救，但與魏曉雨既成夫妻的事實，魏曉雨又懷了他的孩子，這些都像利刃一般深深扎進了他的心中，此刻在他胸膛中狠狠絞動。

周宣此時忽然明白剛剛傅盈爲什麼會面如死灰，爲什麼會萬念欲絕，原來傅盈也覺得這件事已到了無法挽回的地步，因此，她沒有再活下去的力氣了，所以才會離開這個房間，而囑咐他與魏曉雨好好活著！

可憐的盈盈，她莫非是不想活了？

一想到傅盈，周宣不禁全身一震，「霍」地一下便站了起來，立刻往外衝去。

魏曉雨趕緊追上去驚呼道：「你……你要到哪裡去？」

周宣回頭望了她一眼，眼神有些漠然，伸手指著她說道：「你，別跟著我！」

魏曉雨一怔，瞧著周宣漠然又決然的眼神，一顆心便沉了下去，周宣這是怎麼了？

不過，魏曉雨卻不敢再跟上去。這時的周宣讓她感到無比可怕，一種莫名的殺氣正在周宣的眼神中瀰漫。

周宣不管魏曉雨，只是轉頭飛奔而去。魏曉雨瞧著周宣的背影直發呆，不知道忽然間發生了什麼事。按道理說，只有周宣恢復了記憶才可能會有這般眼神，莫非……

記憶……魏曉雨忽然一驚，難道剛剛是因爲周宣吸收了九星珠粉末，而恢復了記憶？

絕對有這個可能，九星珠本身就是外星文明的高科技產物，其擁有的能力自然是她不可想像的，能恢復周宣的記憶也不是什麼奇怪的事。

周宣心痛如絞地在電梯邊按了電梯按鈕，但電梯尙在頂樓，這一刻，他一分一秒都不想等待，急怒之下，一拳把電梯按鈕打了個稀巴爛，然後竄進旁邊的步行樓梯往下跑。

這一層是十七層，周宣連眼也沒向別的地方瞧一眼，便往樓底下飛奔，直到底層，從酒店大廳裏飛奔而出，酒店大廳裏的一眾客人都驚詫地看著他。

周宣不顧一切地跑出酒店，卻不知道傅盈往哪個方向去了，異能探測下，身周數十米內都沒有傅盈和李爲的蹤影。

周宣急怒交集，一雙眼火紅，恨不得把天地都扯過來撕得粉碎，在這一刻，沒有什麼比盈盈更重要。

說實在，雖然鑄成這樣的大錯，但周宣心中並沒有恨魏曉雨的念頭，周宣此時對於魏曉雨，只是不願去想她，也不願意再看到她，甚至想再次失憶，只要能把她完全忘記就好。恢復記憶之後的周宣知道，無論任何人，都無法取代傅盈在他心中的感覺。可是現在，盈盈呢，他的盈盈跑到哪裡去了？

就在周宣茫然四顧時，一輛銀色的奧斯丁嘎吱一聲停在了他身側的公路邊上，茶色的車窗緩緩落下。

還沒看到車裏面的人時，周宣忽然覺得有一股危險至極的氣息湧來，全身的毛髮不禁豎了起來。

車窗搖下，裏面現出了一個體形龐大的大漢，身材魁梧，這還是坐著，要是站起身來，還不知是什麼模樣。

這個大漢戴了一副深色的墨鏡，周宣看不到他的眼神，用異能也探測不到他身體的任何情況，但危險的氣息就是從他身上傳出來的。周宣凝神盯著他，不知道這個人是什麼意圖，也不知道傅盈與他有什麼關聯。

那大漢側臉看了看周宣，咧嘴笑道：「周先生，請吧。」

這大漢明顯不是東方人，但說的話卻是中文，只是發音十分奇怪，就像是語言翻譯機裡

的發音一樣，極爲生硬。

「我爲什麼要上你的車？」周宣冷冷地說道。

那大漢嘿嘿一笑，在這一刻，周宣感到大漢墨鏡裏竟有一道邪光透出來，讓他不禁心神動盪。

「如果周先生不上車，我保證，叫傅盈的小姐和叫李爲的先生，很快就將灰飛煙滅。」那大漢邪邪地笑道。

周宣眼神一凝，悲傷和眼淚在這一刻都消失無蹤，一雙眼狠狠地盯著那大漢。

那大漢伸手把車門一打開，旋即說道：「上車吧。」

周宣毫不猶豫地彎腰鑽上車，那大漢低沉地對前面開車的司機說了一聲，司機當即發動車子，車速極快。

周宣用異能迅速探測著整輛車。車沒有改裝，也沒包含異能，但前面那個開車的司機，就跟之前周宣探測到的那三個殺手的情形一樣，雖然眼睛可以真切地看到他的模樣，但異能探測下，卻只能看到一具人形的白霧，在他身上，周宣還探測到了異能手槍子彈。

這果然是屠手中的人，只是周宣想不到的是，這些人竟然這麼快地就找上了他，想必在樹林中幹掉的那兩個殺手並不是單獨行動的。

開車的司機跟周宣之前遇見的那幾個殺手處於同一級別，身上並無異能，但由於身擁異能槍械，所以殺傷力同樣極強。即使是周宣的異能很強，但對付這種異能子彈也不是易事，要是讓對方占了先機連連開槍，周宣就無法對付得了。

唯一的機會就是搶先動手，在對方沒有開槍的機會下，周宣就可以佔有絕對的上風了。不過，周宣現在要考慮的是，與他同坐一排的那個大漢，才是最危險、最不可測的對手。

這個大漢，周宣用異能探測不到任何形體物質，如同黃金石一樣，肉眼能看到形體，但用異能卻探測不到半分。

從這一點周宣就知道，這個大漢才是屠手中的厲害人物。無論他是否擁有異能，都不是一個簡單的對手。此刻跟他坐在同一排時，周宣只覺得是跟一頭猛獸坐在一起無疑，那種毛骨悚然的感覺，從他上車的那一刻起就沒消除過。

周宣有種直覺，這個大漢不是一個人，而是一頭野獸，這的確是種很奇怪的感覺。

周宣心憂傅盈和李爲的安全，也不管那司機把車往哪裡開，只是冷冷地道：

「我的人只要受了半點傷害，我會讓你們付出代價。」

那大漢陰陰一笑，用充斥著金屬的聲音說道：

「這話，嘿嘿，好像應該由我來跟你說吧。無論從哪方面說，都是你受制於我們，而不是我們受制於你。」

周宣冷冷哼了一聲。

那大漢擺擺手道：「別激動，周先生，現在動手，對你我來說都沒有好處。稍安勿躁。我知道周先生的能力不凡，連滅我們三個殺手，讓我們屠手有史以來第一次不能完成接手的任務。嘿嘿，了不起啊了不起！」

第八十七章

漁翁之利

事實上，毛峰是讓周宣做誘餌，先把屠手中的重要人物引出來，
兩敗俱傷之後，他再撿漁翁之利，
最好的結果就是，用周宣的異能引出屠手的真正幕後人，
然後再來個玉石俱焚，他不用費力便撿了個便宜。

不知道這個大漢是不是屠手背後的首腦，也不知道這個大漢是不是毛峰所說的那個人。一想到毛峰，周宣便有種陰森森的感覺。

起初沒有關於他的記憶時，本就不相信他的話，現在記憶恢復後，周宣便知道，他要和自己聯手的意圖是真的，但聯手的意義卻不是如他所講的那樣。

事實上，毛峰是把周宣推在前邊，讓他做誘餌，先把屠手中的重要人物引出來，兩敗俱傷之後，他再撿漁翁之利，最好的結果就是，用周宣超強的異能引出屠手的真正幕後人，然後他們再來個玉石俱焚，他不用費力便撿了個便宜。

此時記憶恢復的周宣自然想得到毛峰的意圖，但不論他的意圖是什麼，周宣此時都不可能去考慮其他的，便是讓他粉身碎骨，他也得救出傅盈和李為。

毛峰看來是得到了火隕的能量，從樹林中，他一刀之力逼縮了那兩名殺手爆炸的能量範圍來看，毛峰那火隕的能力也不容小覷。

周宣的異能對那大漢的底細探測沒有任何進展。這大漢極有可能是擁有異能的人，否則不會面對周宣超強的異能還能面不改色。因為他明知道周宣有異能還如此平靜，那就說明他是有把握的，不說能贏周宣，至少是不會怕周宣的能力。

不過，周宣雖然探測不到那大漢的底細，但在探測時，倒是發覺自己衣袋裏的手機發出了極奇怪的電波。當然，這也只是周宣的異能才能探測到的，別人自然就無能為力了。

這手機是毛峰給周宣的，當時他用異能探測過，手機裏沒有灌注異能，手機裏也沒有裝任何異常的東西，不過現在看來，手機裏原來裝有定位跟蹤器。

那奇怪的電波應該是跟蹤器發出來的，看來毛峰一直在監視著他的動靜，也許此時就跟蹤在他們的後面。

周宣趕緊用異能在後面探測了一下，沒有找到毛峰的線索，然後又將異能凝成束再探測，果然探測到了。毛峰還真是憑著跟蹤器在跟蹤他們，而且距離並不遠，只有一百五十米左右。

周宣用異能探測著，毛峰開著一輛車跟蹤著，但周宣並不能探測到他的面貌，只能探測到他開的那輛車和車上透露出的火隕的凶氣。

火隕是不屬於這個世界的物質，所以周宣探測不到，但火隕所含有的凶戾之氣讓他極不舒服，毛峰在得到火隕之後，整個人也變得怪異邪惡。雖然他以前也很怪異邪惡，但那時的邪惡跟現在可是兩個級別。

探測到毛峰跟在後面時，周宣略爲鬆了一口氣，不管毛峰打什麼主意，但與他聯手對付屠手的意圖是真的，有他在後面，就算自己真跟屠手的人拚個兩敗俱傷，毛峰也應該會趁機滅掉屠手中的殺手。

只是不知道這大漢知道不知道毛峰的事，又想起白天與毛峰聯手除掉那兩個殺手的事，

不知這大漢跟在後面有沒有看到？

周宣不敢否定這個可能性，因爲這大漢直接便找到周宣這個主要人物，按理說，只有得到周宣幹掉他們三個殺手的消息後才會確定，而那兩名殺手才是剛沒多久的事，恐怕他們是知道的。

周宣心裏一緊，剛剛那股衝動之極的怒氣消散了不少。那大漢帶他去的地方，只怕是一個陷阱。雖然他無法可施，是陷阱也得踩進去，但唯一的救星毛峰如果有異，只怕自己就會上當。

救傅盈和李爲是必定要做的事，但周宣現在考慮的是，僅憑自己的能力，能不能把他們救出來？否則就算他丟了命，但人救不出來，那還不是白費力氣？

瞧著那大漢沉穩不動的態勢，周宣捉摸不透，又探測不到他身上的任何物質及資訊，周宣也摸不清楚他到底知道不知道毛峰的事。

車子越開越偏僻，到後來，周宣忽然發現車窗外的景物很眼熟，再仔細看了看，才發現這地方竟然就是他跟毛峰滅掉兩個殺手的地方。

周宣心裏一緊，看來這大漢就是裝的，既然來到這個地方，那兩個殺手被幹掉的情形定然也落在了他們眼裏，但奇怪的是，當時他們爲什麼沒有動手？而且，毛峰肯定也落在了他們的眼裏。

周宣再探測毛峰時，馬上發現毛峰不在他的探測範圍以內，這一帶很是偏僻，過路的車輛極少，要是毛峰仍然跟在後面，想必也會輕易被對方發現，所以毛峰便遠遠落在了後面。

開車的司機把車拐進樹林中，然後停了車，那大漢打開車門率先下了車。

周宣一邊下車，一邊運著異能探測著四周的情況，卻沒有發覺有傅盈和李爲的蹤影，周宣不敢確定傅盈和李爲是不是給帶到了這個地方。

周宣猶豫著要不要把這個大漢強行制服，然後再拿他做人質，但才剛這樣考慮時，就嗅到了一股兇神惡煞般的凶氣，跟與他一起的那個大漢的氣息是一樣的，只是這凶氣與那大漢的凶氣不大一樣。

那大漢的凶氣雖然可怕，不過周宣卻知道，那凶氣隱而不發，有凶氣但無凶意，而現在這一股凶氣卻是如箭一般竄到，似乎想將他硬生生一口吞掉。

周宣吃了一驚，轉頭往凶氣逼來的方向一看，一團迷霧般的青色光影迅速地疾射過來。

在這一刻，已經不容周宣多想，面對那狂暴而兇猛的逼人氣勢，他已經沒有退讓的餘地，但對方的氣勢太猛烈，就算他不反抗，也得出盡全力來防護抵擋才行。

在一剎那間，周宣提聚起全部的異能凝結到身前，形成了一個無形的防護盾牌，而那狂暴肅殺的如山氣勢與周宣的防護盾牌一相碰，空間中便響起了一聲沉悶的響聲，便如一聲悶雷。

周宣的防護盾瞬間碎裂，對方那如山氣勢的殺氣也片片碎裂，但對方在一瞬間，竟然又聚氣凝結成一個龐大的如獅如虎的獸形，兇狠地再次躍到眼前。

周宣無暇細想，只能同樣聚氣抵抗，不管異能損耗有多嚴重，在這個關頭，只要有一秒鐘抵擋不住對方的進攻，就絕對會給那狂暴兇狠的獸形撕咬得粉碎。

急切之中，周宣心裏只想著要擋住對方的進攻，於是伸手抵擋的手勢下，兩種異能分別從兩手竄出，太陽烈焰的高溫異能凝結成一具燃燒的高溫盾牌，冰氣異能轉化成強勁的亙古寒冰氣息。

兩者一相碰，卻並沒有如雷般的沉悶響聲。那一頭兇猛的獸形動物張開的血盆大口，一半給燒得火紅軟化，半邊卻一下子凝結成透明晶瑩的冰雕。

野獸未曾想到，這一下碰到的抵抗力與頭一次猛烈相撞的異能量完全不同，它聚集的力量比上一次更爲剛猛，更爲兇狠，但能量卻是一樣的，而周宣卻是出人意料的變換了能量，綜合的異能忽然分化成了一冷一熱兩種截然不同卻偏偏又強到了極點的能量。

周宣這一手將對方打了個措手不及，幻化的野獸墮落在地，一半凝結成堅冰，一半仍然熊熊燃燒，極高溫和極低溫同時接觸時，凝結成堅冰的部分遇到高溫，刹那間便膨脹起來，在數秒間便即「轟」的一聲巨響，爆炸開來。

爆炸過後，中心點一帶的十數米範圍內給炸成平地，樹木土石成了碎屑。

再看動手的雙方，周宣退了丈許遠近，蹲在地上呼呼直喘粗氣，而對方縮在爆炸點對面的一隅，樣子比周宣更爲狼狽，臉上血管青筋暴露，一張大嘴合不攏來。

這是一個與周宣坐同一輛車來的那個大漢極爲相似的高壯漢子，濃密的棕髮，泛藍的眼珠，半蹲的樣子比周宣還高半個頭，若是站直了，怕不有兩米以上的高度。

而那個跟周宣一起來的大漢，在另一側見到這番場景，也不禁有些動容，而他看起來與那個跟周宣動手的詭異大漢，就像是孿生兄弟一樣，不過他沒動手，爆炸的能量似乎沒能影響到他，還好好的。

那個開車來的司機可就慘了，爆炸的龐大能量將他炸得支離破碎，頭腳已被炸得不知去向，在周宣右側六七米處的一棵大樹的橫枝上，掛著一大段血淋淋的肚腸，極是噁心恐怖。

這一下對碰，周宣可以說是被逼的，無法不全力應付，結果是以周宣的完勝告終。

那大漢幻化的異獸雖然是幻象，但同樣是他的精血異能，爆炸後，本體受到了極重的內傷，而周宣卻只是異能損耗嚴重，身體卻沒有受到半點傷害，如果他此時再運起異能攻擊對方，那大漢就難以逃生了。

周宣在這一刻可以肯定，對面這個大漢有著強橫的異能，是他目前見過有異能的人當中，最強的一個。

了。

當然，周宣見過的有異能的人也並不多，除了馬樹、毛峰，然後就是這兩個詭異大漢了。

不過，在這個世界上，真正擁有異能的人也不如想像中的那麼多。上次救圖魯克親王的時候，他以爲那些殺手也是有異能的人，但後來證明，那幾個殺手並沒有異能，只不過是持有異能槍械而已，算不得真正有異能的人，所以他對付起來，只要把時間掌握得好，時間把握住，對付那些殺手他還是不算太吃力。

而毛峰的異能顯然有些稚嫩，雖然也很強橫，但畢竟他掌握異能的時間太短，火隕的力量似乎又有些自主，兩者要完全融合無間，並非易事。畢竟，火隕這種邪惡又有自主思想的外星能量體，是絕不會輕易讓融合它的人掌控主位的。

若說與毛峰對手，周宣絕對有把握贏他，周宣的異能勝在經驗好，掌握的時間長，又奇遇多，把太陽烈焰，也就是九龍鼎神奇的能量和金黃石的冰氣異能與他自身的修行內氣完美的結合在一起了。

另一個大漢尤爲吃驚，與周宣一起過來的時候，他便明白，周宣是身有異能的人。他也試探了一下周宣異能的強度，大約與自己在伯仲之間，應該是不相上下，但沒想到周宣的異能竟然會這麼出人意料。

那個跟周宣動手的大漢是他的兄弟，兩人的能力相差無幾。一來到這片樹林中，他兄弟便對周宣狂猛地動手，他並沒有阻止，而是選擇觀看，以便瞭解到周宣的異能到底有多強的實力。雖然之前略爲試探了一下，但畢竟不是真刀真槍地動手，真正的高下，還得現場比試才知道。

這一動手，卻是大吃一驚。

周宣的能力太奇怪了，他一開始就試探了周宣的能量，是比較溫和的一種，第一下與他兄弟的對碰確實有些以柔克剛的作用，雖然比他兄弟略強一些，但絕想不到他會在第二次對碰時便將他兄弟完敗於手下，並將他兄弟元氣重傷。

周宣的異能施展是無形的，但無形的能量將他兄弟有形的異獸一半燃燒一半冰凍，這種異能他從未見過。

周宣喘了幾口氣後，緊緊地盯著這兩個大漢，一個雖然受了重傷，但另一個卻是完好無損，從一路過來的途中，周宣便察覺到他身有異能，如果他跟剛剛與他動手的那個大漢能力相若的話，那他此刻就不一定討得了好。

剛才這一下完勝，他只不過是得了巧，勝在那個大漢並不知道他的異能可以忽然分化成兩種極端的能量，若是剛才他只施展出其中的一種，那大漢也不會狼狽到這個樣子，就算敗，也不會到元氣受損被碎的地步。

周宣兩種異能讓對方措手不及，幻化的異獸被毀滅掉，元氣及身體都受到極大的損傷，不過，另一個大漢如果再動手，就會有了防備，而他正處在最佳狀態中，周宣卻已經是異能損耗嚴重，身體裏殘餘的能量不過二三成，此時若以最佳的狀態來對付僅餘二三成異能的周宣，周宣自然是勝算無幾了。

在這一刻，周宣敏感意識到，同來的這個大漢正在凝神運氣，顯然要趁勢對他出手了。

本來按他的意思，他兄弟對周宣出手相試，因爲他估計到兩人的能力差不多，碰幾下便會相互收手，等待後面的設計進行，但沒想到的是，他兄弟竟然那麼快就受了重傷，雖然不說就此殞命，但此時要再動手顯然就力有不逮了。

這個大漢馬上便摒棄了有人質在手的那條設計好的路線，畢竟要拿下周宣也不是易事，不如趁周宣異能大損的時候一舉拿下他，倒是用不著再拿兩個人質來要脅了。

周宣陡覺凜氣逼人，那大漢半蹲身子，一頭短髮一根根如針一般豎立了起來，半蹲的身子也如氣球一般漲成了圓形，而且還在繼續漲大中。

周宣沒有見到開始對他動手的大漢運氣的情況，估計是早準備好，只等他一到便動手，所以周宣不知道他運氣暴走的樣子，現在看來，確實驚人，估計最後那一下的爆發就讓他難以抵擋了。

而這一次，這個大漢已經知道了周宣異能可以分化出兩種極端的能量來，肯定就有了準備，而且他也清楚周宣能量損耗嚴重，以剩餘兩三成的能量如何對頂得住他全盛的能力？

周宣對這個大漢的攻擊是想像得到的，但他更著急的是傅盈和李爲兩個人的下落，如果他現在把又這個大漢重創的話，擔心他們的同黨會做出傷害傅盈和李爲的事來，而且，如果他們還有同黨，那自己就難以討得了好，現在對付這個大漢都不知勝算幾何，更何況還要對付其他人？

偏生那個毛峰詭異地藏身不出，周宣異能探測下，知道毛峰竟然到了前邊，似乎有一個防護能量存在的地方，毛峰和那個防護能量並不是同一體的。周宣一怔，難道那裏便是囚禁傅盈和李爲的地方？

如果是的話，屠手中的人應是用防護能量來隱藏他們的氣息，毛峰悄悄到了前邊說不定還是好事，如果他把傅盈和李爲救下來，那自己就沒有了後顧之憂，可以放手與那大漢一搏。

周宣一邊強行提起殘餘的異能，一邊用力探測著毛峰那裏的情況，毛峰那妖異的刀氣正悠然劈出，與結界體能量一碰。

百餘米之外的周宣便感覺到能量波動，在結界破裂的那一瞬間，周宣的異能馬上就探測到了傅盈和李爲的蹤影，兩個人正昏迷不醒地倒在結界體之間，雖然是昏迷著，但生命卻是

無礙，周宣在這一剎那便即安心下來。

沒有後顧之憂了，周宣不再緊張，眼睛盯著那身體越漲越大的大漢。那個人似乎快變成了一個圓形的大氣球，氣球頂端頂著一顆如刺蝟一般豎髮的頭，樣子極是可笑又可怖。

周宣瞇著眼，仰頭望了一下頭頂上的一輪烈日，陽光正如火一般烤人，想像得到，如果此時有正在農田中的人，那正是汗滴禾下土的情形。

不過，那大漢卻趁周宣仰頭望天這一分神的時候出手了。

他出手的勢態與之前他兄弟的出手差不多，只是幻化的異獸比之前他兄弟的更爲巨大一些，同時，周宣還感覺到這頭異獸渾身還帶著火熱的氣焰。

顯然這個大漢是知道了周宣的殺手鐧，所以預先把帶火性的能量運了起來，佈置在幻化的異獸外表層上。如果周宣再以太陽烈焰燒烤的話，同屬火性的能量自然不容易相傷到，而周宣的冰氣異能卻也不容易把他的火性異能冰凍住。

這便如冬天裏的爐子，如果主人有防備，準備好足夠的煤炭，就算下再大雪，天氣再冷，那屋子中的火爐也能旺旺地燒起來，但如果是忽然冷下來的時候，或許沒有煤炭可以取暖，那就容易給凍住了。

之前受傷的大漢，便是因爲遭受了這樣的突然情況，此刻自然不會再受到同樣的襲擊了。

而這大漢運起異能也是要做全力一擊，準備以強大的異能一下子把只餘兩三成能量的周宣瞬間擊潰，並一舉擒下。

周宣已經得知毛峰救下了傅盈和李爲，在無後顧之憂的情況下，心裏早安定下來，縱然比那大漢弱了許多，但心下並不慌亂。

既然那大漢已經有了準備，周宣也不再運太陽烈焰的能量，將冰氣異能凝結成防護罩阻擋住那頭異獸的進攻。

兩者一接觸，異獸的強勢便顯露無遺。周宣的冰氣防護罩雖然是異獸最佳的抵抗者，但由於能量弱小了許多，節節敗退，防護罩明顯的一步步退縮減小。

那大漢更不遲疑，不留後手地再加運起全部的能量催動異獸，周宣忽地將冰氣異能凝結成的防護罩轉化成漁網一般的狀態，鋪天蓋地地纏繞住那頭狂猛的異獸。那大漢的異獸頓時縮小了幾分，火焰也退入皮膚中，異獸表層凝結起薄薄的冰晶來。

整個場面中傳出逼人的寒意來，雖然頭頂是熊熊烈日，但在周宣和那大漢動手的這十數米的圈子中，卻是冷若寒冬。

那大漢一頭暴怒豎立如針的頭更如鋼針一般，口中「啵」的一聲吐出一道氣流，那氣流貫注在異獸體中，異獸忽然間增大起來，眼看異獸表層凝結的冰晶霜意起了一絲絲裂痕，似乎只要再幾秒鐘，周宣的能量網就會因經受不住而爆裂，那時，就是周宣無力被擒的時候

了。

那大漢全力催運著能量，嘴角獰笑著，如若不是他眼上戴著墨鏡，周宣就能看到他得意的眼神了。

周宣似乎只有束手就擒了，冰氣異能已經用盡了他全部的異能，再無力後繼。

那大漢得意地等待著周宣的力竭潰敗，但就在這個時候，周宣忽然左手一揚。那大漢陡覺不妙，周宣的眼睛一亮，那一瞬間，那大漢知道周宣的表情絕不是能量衰竭的樣子。

周宣揚手的時候，一股遠比那大漢異獸表層自帶的火焰熱量更遠為火熱以及龐大，而幾欲爆裂的冰氣網束也忽然得到了增力，而再度凝結起冰霜來，一頭異獸在這一刹那間幾乎變成了一頭冰雕怪獸。

周宣用熊熊的烈焰包裹住異獸，能熔化鋼鐵的超高溫燒烤著化成冰雕的異獸。熱漲冷縮的道理是亙古不變的，冷極之時再遇上極熱之時，異獸在凍成冰雕時，又忽然被烈焰高溫熔化，身體如氣霧爆炸，緊接著「轟隆」一聲響，異獸爆炸開來，將四下裏的樹木草叢炸得不成樣子。

那大漢身體給炸得千瘡百孔，墨鏡也炸飛了。周宣這時才看清，那大漢的眼睛閃著詭異的光彩，原來戴著墨鏡不是耍酷，也不是遮太陽光，而是要遮掩他的妖異眼睛。

如果是一個普通人，身體被炸成這個樣子，那肯定是活不了，但周宣知道這個大漢不是普通人，甚至是不是人都不能肯定。

那大漢低吼一聲，弄不懂周宣明明只殘餘了兩三成的能量，怎麼忽然又有了那麼強大的能量？難道一開始他就只是在裝佯，扮豬吃虎？

如果是這樣，那這個周宣也太能演戲了，而且，那大漢還能從大腦層透析到別人的精神能量，這與馬樹的能力有些相似，但他沒想到的是，這次，他遇到的對手是周宣。

周宣以前在馬樹那裏上過一次當後，對讀心的能力就有了防備思想，一直都在凝結防護層，以阻擋住這種能力的侵襲。

所以，一開始那大漢在車上探測他的異能時，便知道他有那種能力了，在與第一個大漢對碰損耗巨大異能後，周宣故意讓他測得自己的真實情況，也就是異能確實損耗嚴重。

但那大漢料不到的是，周宣不僅有冷熱兩重天的異能，而且還能直接從太陽光中吸收能量轉化爲異能的特殊能力，所以，周宣在被探測到自己的殘餘能量後，便立即封閉了身體，運起防護層讓那大漢探測不到，然後全力吸收太陽能量補充，讓那大漢在後面得意時反而遭到了滅頂之災。

那大漢全身都是爆炸後造成的洞孔傷痕，因爲他全身的能量都注入了那幻化的異獸中，所以連防身的護體力量都沒留下一分，所以本體受了不可恢復的傷勢。

此時的場景，讓那大漢自然明白了，起初的優勢已經蕩然無存，他與他的兄弟已經不可

能再控制住周宣，而此時，自己受的傷勢也遠比他的兄弟嚴重。

周宣在確定勝利後，緩緩地往那大漢走過去，那大漢倒是沒有懼色，只是嘿嘿笑著，周宣忽然覺得不對勁，有種危險之極的感覺。

這感覺在以前遇到屠手的殺手時便有過，那幾個殺手都是在嚴重受傷時，引爆了手腕上的超級炸彈，而此刻，周宣又嗅到了這種危險。

這兩個大漢是真正擁有異能的角色，與那幾個殺手遠為不一樣，如果爆炸的話，只怕威力還要更大一些。

周宣立即運起全部的能量凝結出防護罩來，但又想到傅盈和李為還在外邊，要是爆炸波散開，他們是無論如何也沒有辦法擋住的，唯一可能擋住的就是毛峰，但毛峰在危險的時候，肯定他會先顧自己，至於傅盈和李為兩個人，那得在他有餘暇之力時才會顧及，否則的話，他只會先讓自己安全再說。

那大漢在臨近爆炸時，身體忽然暴漲起來，真的轉化成了一頭異獸，只是身體上那些傷痕仍在，血淋淋的恐怖異常。

周宣見到這麼可怖的情形，大吃了一驚，異能包裹下，仔細地看清楚了面前這大漢變化成的形體，這次卻不是幻化的異象，而是實實在在的形體。

這個怪異的獸體，周宣從未見過，大頭長身，六條手腳，之所以說是手腳，因為那六條觸鬚形狀又似手又似腳，手腳不分，頭面中有三隻眼睛，眼睛裏閃爍著一開始周宣見到的那種妖異色彩。這是什麼怪物？

周宣記憶恢復後，已經想起了以往的所有經歷，要說見過的怪物，那也不少，在美國天坑底見到的那種龐大怪獸，洛陽洞底中的火螭和屍甲蟲，但再怪異，那些生物都是地球上的生物，在周宣的異能下不堪一擊，不過，現在遇到的這個怪物可就不同了。

因爲牠身有異能，周宣的轉化吞噬能力不起作用，只能靠異能與對方硬碰，能力強者勝，能力弱者敗，敗了就是付出生命的代價。

今天周宣很幸運，他的能力比對方更強大，所以他活了下來。

那大漢的身體在變化成怪異的生物後，爆炸的氣息便已達到了最頂點，周宣知道馬上就是一場驚天動地的爆炸，想也不想地便運起異能凝結成防護罩，準備將這個變化成怪物的大漢包裹起來，讓牠在自己的防護圈裏爆炸，這樣才能夠保護到傅盈和李爲兩個人。

當然，周宣並不肯定自己就能防護住這怪物的爆炸力，因爲之前遇到過兩次屠手殺手的爆炸：第一次他勉力頂住了爆炸力，保住了一個兩米多寬的防護圈；第二次便是在這個同樣的地方，那兩個屠手殺手自爆後，是毛峰出手救下了他們。

這兩次的經歷讓周宣知道，在這種極狂暴的爆炸力之下，自己最多只能自保，要保護到

數十米外的人，那是癡人說夢了。

但不管保不保得住，周宣都只能這樣做，他不敢賭毛峰會保護好傅盈和李爲兩個人，而自己保護住他們的可能性，是一成也沒有。

這個大漢的爆炸力度肯定要比那三個殺手強，而且周宣的防護，以前是從裏向外，現在是要從外往裏包裹住那大漢。包裹住爆炸力要比抵抗住爆炸力要難上十倍都不止，所以說，這次周宣一點把握都沒有。

周宣只能用死馬當活馬醫的心態來對抗了，能不能救得了，就看天意了。

要是死的話，那也是他先死，既然自己死了，那也一切都不用再想了，反正一死百了，死後也不必看到自己曾經那樣深地傷了傅盈的心。

也不知道如何才能償還，周宣心裏沉沉的，倒真是有了幾分死志。

卻就在這個時候，周宣陡然發覺毛峰的邪異刀氣掠起，在那大漢變化成的怪獸身體中一刀穿進。

那怪獸淒厲的嚎叫攝人魂魄，周宣看到那怪獸身體中的血液和爆炸力，瞬間全部都給吸進了毛峰的刀身中。

那刀便如活了一般，拚命吸食著那怪獸的精血和能量，不到一刻鐘，那怪獸就給吸得只剩下一張皮具一般的空囊，最後連皮囊都給吸進了刀影中。

一切都消失時，毛峰手中那詭異的刀影光亮便消失了。光亮消失時，周宣看到毛峰手中空空如也，根本就沒有刀的存在，彷彿刀已經鑽入了毛峰的身體中一樣。

在東海時，周宣從箭魚身體中見到過火隕刀的本體，那樣一柄刀，是絕無可能藏在身上看不到的，唯一的解釋就是，這柄火隕怪刀藏身地並不是在毛峰身上，而是毛峰的體內。

周宣敏銳的異能還感覺到，毛峰這柄火隕刀似乎有獨自的思想一般，正如吃得飽飽的魔鬼得意地隱藏到毛峰的身體中。

周宣強烈地感覺到毛峰眼神中所含有的魔性，看來，這火隕刀的確不是一件好東西，毛峰在吸食了這個有異能的大漢怪獸之後，他的能量氣勢明顯增加了一大截。

周宣吃了一驚，原來以爲毛峰的能力來自於火隕刀，但現在看來，毛峰這柄火隕刀簡直就像是任我行的吸星大法，專門吸食能量，吸收別人的異能後，毛峰的能力也直線上升。

周宣雖然吃驚不小，但也明白，毛峰的這個妖異的能力只會吸食有異能的人，吸收他們的精力和血肉，普通人則是沒有用。

好比那幾個屠手中的殺手，毛峰也同樣劈殺過，但火隕沒有吸食，表示普通人的精血對火隕刀來說用處不大，只有擁有異能的人或者怪獸對它來說才有用處。

第八十八章

首腦人物

「首腦？」周宣皺了皺眉頭，問道，
「今天這兩個不是首腦嗎？他們背後還有什麼人？」
這兩個大漢的實力就夠周宣頭痛了，
以後如果他們有防備了，再有同樣的幾個人同時對付自己，
那就勝負難測了。

毛峰深深呼出了一口氣，一臉的興奮和得意，眼珠泛著詭異的光芒，盯著周宣笑道：「周老弟，今天咱們兩個可是把屠手給重創了，這兩個是屠手中第二三號人物。」

周宣感覺到，毛峰對屠手的瞭解遠不止他對自己說的那些。這兩個身材高大的大漢他應該就瞭解，卻沒跟自己說過，而且自己剛剛在最危險的時候，毛峰在後邊隱藏不動，只等到自己把那大漢重傷後，他才及時出現，並吸食了那大漢的能力精血。

雖說是解了自己和傅盈李爲等人的危機，但也可以說，毛峰的居心不良，讓他與那大漢兩敗俱傷，他才出來撿便宜，一石二鳥。

停了停，周宣又探測了一下另外那個大漢，卻已不知去向，看來在混亂中，他早已經逃走了。

「另外一個人逃走了，恐怕會……」周宣有些憂心地說道，這個屠手倒真是令人恐懼又頭痛，惹上了他們，得到的就是不死不休的追殺，而偏偏他們的能力又越來越驚人。

之前，周宣自從得到異能後，歷遍國內外，極少遇到有異能的人，其間只遇到一個馬樹，這讓周宣一直以爲，他就是這個世界中唯一的異能者，但現在看來，有異能的人雖然不多，但絕不止他一個，今天遇見的這兩個大漢更是奇異，周宣現在都懷疑起來，這兩個人是不是人類？

毛峰嘿嘿一笑，說道：「逃走就逃走吧，屠手的實力大損，暫時是不會對你我動手的，以前對付別的人，他們可以派出殺手來，他們的殺手對付其他任何人都行，相比起世界上最頂尖的殺手，他們的能力都不會低，但要對付你我，顯然就遠爲不夠了，他們即使要再來，那也只是送死，損耗他們自己的實力，只有等他們調整過來後，屠手中的首腦來對付我們，那才有用。」

「首腦？」周宣皺了皺眉頭，問道，「今天這兩個不是首腦嗎？他們背後還有什麼人？」

以這兩個大漢的實力就夠周宣頭痛了，雖然今天自己因爲實力不被他們知曉而險勝，但以後如果他們有防備了，再有同樣的幾個人同時對付自己，那就勝負難測了。

毛峰沉沉道：「這兩個並不是首腦，他們只是屠手中那個首腦人物的兩個獸族護衛。」

周宣怔了怔，詫道：「獸族？又是什麼東西？」

毛峰沉吟了一下，瞄了瞄周宣，然後說：「他們兩個並不是人類，我想你看到了，我也只是隱約瞭解一些，屠手的幕後首腦應該是一個來自於外星球的生物，而這兩個獸族就是他的護身物，這個……」

毛峰說到這裏，停了停才又解釋道：「我只能這樣向你解釋，就像人一樣，人養狗，狗服人管，但對敵對的人有威脅的作用，就是這個道理。」

周宣總算明白了，毛峰仍然有許多秘密沒有說出來，他對屠手的瞭解肯定不止於此，不

過不等他再細問，毛峰又說道：

「周老弟，拿好那支我給你的手機，裏面有定位系統，在必要的時候我會自己找到你，有需要的時候我也會聯繫你。」

周宣心知這傢伙表裏不一，說的跟心裏想的不一樣，就算自己沒有讀心術也想得到，尙在沉吟時，毛峰又說道：

「你的兩個朋友在那邊，你快過去看看。」

周宣心裏一震，是啊，他來的目的不就是爲了救傅盈和李爲嗎？要問毛峰的事，先放在後面再說，於是急急地往前邊跑過去。

異能探測處，傅盈和李爲所在的地方清楚顯現在腦子中，周宣直接便到了數十米外的地方。

傅盈和李爲在這會兒還昏迷不醒。周宣並不驚慌，因爲探測得到，傅盈和李爲兩個人只是被異能控制了腦子，如同打了麻醉劑一般，雖然昏迷，生命沒有危險。周宣不容細想，運起異能，當即給兩個人驅除禁制又改善了體能。

傅盈體質比李爲要強，幽幽醒轉過來，睜眼看到周宣，眼神一喜。那種喜悅是最真實的表現，周宣心中又是一痛，扶起傅盈，忍不住就將她緊緊地摟在懷中，那柔軟的身體讓他實實在在地感覺到，傅盈此時就在自己的懷中。

傅盈被周宣緊緊摟在懷中時，腦子也慢慢清醒過來，隨即想起了當時的情形，心裏頓時抽搐起來，無法抑止的痛楚感覺湧進心裏。在周宣的懷中，那種剛硬的念頭立刻消失無蹤。傅盈的淚水不爭氣地流了出來，忍不住推了周宣一下，但周宣的手摟得很緊，推也推不開。

傅盈抵抗著，哽咽地說道：「你放開我。」

「我不放手，除非我死。」周宣毫不猶豫地回答著，確實是，除非他死掉，否則是再也不會鬆開傅盈的手了。

傅盈淒苦地道：「你不放手又能怎麼樣？魏曉雨你要怎麼辦？她肚子裏的孩子，你要怎麼辦？」

傅盈說著又是淚如雨下，抽噎地道：「我沒那麼大氣度，我不能忍受、不能想像你跟別的女人好，你……你要我怎麼辦？你要我怎麼辦？」

周宣頓時啞口無言，要他放開傅盈是不可能的事，但現在這個局面，要他就這樣丟下魏曉雨，尤其是懷了身孕的魏曉雨，他也做不出來，可是，他要怎麼辦？

一心爲了救傅盈和李爲的時候，周宣別的什麼都不想，現在沒有危險了，那一大堆的頭痛事又冒了出來，周宣頓時又痛苦起來。

最頭疼的當然是魏曉雨這件事。周宣雖然很惱怒魏曉雨在他失憶的時候欺騙他，把他拖進了這樣的境地中，但說到底，周宣對魏曉雨也恨不起來，只是可憐她。這個跟傅盈一樣驕

傲的女孩，只是因爲愛上了自己而落到了這種境地，即使背負著欺騙他的罪名，也只是爲了跟他在一起，曾未做過一件傷害他的事。

這樣的女孩子，就算欺騙一個男人，也只是爲了她自己的愛情。人都是自私的，做了這樣的事，也算是無可厚非，只是最終可能會傷到自己。

李爲這時候也醒了過來，看到周宣跟傅盈相擁的樣子，深深地嘆了口氣，也不知道應該說什麼好。

呆了半晌，李爲終是忍不住了，說道：

「我的大哥，在這兒總不是一回事，還是先回酒店再做商量吧，在這兒，做啥事老子都覺得不對勁，看片聽不懂，打架沒幫手，又不夠人打。看來老人家說得是對的，金窩銀窩，都不如自己的狗窩，這洋人的地方再好，老子也不想待，還是趕緊回自個兒的地方好！」

周宣醒悟過來，這兒並不安全，雖然那個受傷的大漢逃掉了，但誰也不能保證屠手還有沒有殺手過來。李爲說得是，此地不是久留之地，先回酒店商量再說。

樹林邊還停了一輛車，是剛過來時，那大漢和周宣乘坐的那輛。毛峰已經不見蹤影，顯然他是有車的，可能跟蹤來的時候怕被發現，便遠遠停在另一處，現在早溜了。周宣已經探測不到他的氣息存在。

回去的時候，周宣不願鬆開傅盈，摟著她坐在後座。不管李爲願不願意，都只能做司機，不過，倫敦的開車習慣跟國內不同，是相反的，李爲一時還有些不習慣。

李爲開著車，嘴裏嘀嘀咕咕地罵著。只是李爲還不知道抓他們的人不一般，要是知道的話，怕是會嚇到。周宣也不打算告訴他，要是他問起來，就說是混混來找碴好了。

回到市區後，周宣怕這輛車帶來麻煩，叫李爲將車開到小巷子裏，用異能轉化吞噬了，然後出來再搭了計程車返回酒店。

圖魯克一行人還在酒店中，因爲聯繫不到周宣，圖魯克也不打算跟朋友約會。周宣一回酒店，圖魯克就請易欣來讓他過去。

周宣隨口應了一聲，準備讓李爲看著傅盈，但想了想，還是不放心，傅盈要走的話，李爲又怎麼攔得住她？最後乾脆拉了傅盈的手，一起往圖魯克的房間去，同時異能又探測了一下他爲魏曉雨和傅盈專門開的另外兩間房間。

兩間房裏都沒有人，魏曉雨不在酒店中。周宣心裏一緊，剛剛傅盈和李爲才出了這樣的事，可別魏曉雨又出同樣的事啊。

自己一個大男人，卻偏偏過得像個女人一樣如此的多愁善感起來，放不下傅盈，又放不下魏曉雨，他到底要怎麼辦？

周宣此時雖然覺得左右爲難，極是矛盾，但有一點是肯定的，要他再放傅盈走，那是絕

無可能的。

圖魯克那兒也還是要交代一下的，再在他這兒待下去已不可能了。以前是因爲失憶了，而魏海洪只是爲了讓魏曉雨有個安穩的地方，所以才讓他們到圖魯克那兒待著，只是沒想到，周宣無論到哪兒，都會引出事情來。

現在這種局面，周宣既然已經恢復了記憶，與傅盈之間的隔閡也消失了，唯一橫在兩人中間的，就只是魏曉雨的事情，但無論如何，周宣是不會再扔下傅盈的，不能再傷害她了。

圖魯克親王自然是不知道周宣會忽然說出這樣的話來的。當周宣向他提出辭呈，說要回國的時候，易欣一翻譯，圖魯克頓時怔住了，急急地問道：

「怎麼回事？是住的問題還是吃的問題？薪水少了嗎？這些都可以商量的。」

周宣感激地回答道：「親王殿下，這些都不是問題，是我個人的問題，我作爲一個男人，應該對家人負責。之前是因爲我頭部受傷，失去了記憶，所以不記得自己的身分和家世，現在我恢復了記憶，既然知道了，就得回歸正常的生活中去。在國內，我還有很多事情要料理。這段時間裏，很感謝親王殿下對我們的照顧，真的很感謝。」

圖魯克臉上儘是失望的表情，周宣來的時間雖然短暫，但他表現出來的能力卻不是他手底下任何一個護衛能及得上的，幸好自己並沒有懷疑他，如果不是周宣出手，只怕他已經被屠手的殺手幹掉了。

現在他焦慮的是，如果周宣走了，以他手底下的護衛，又怎麼能防得住屠手殺手的襲擊？

圖魯克通過摩洛哥警方最高的情報機構處得知了屠手的記錄，知道這已經不是他手底下或者警方能預防得了的事，倒不是他的護衛能力不強，而是因爲屠手的能力太過強大，已經遠超出他們的想像。

周宣是跟屠手一樣有能力的強者，但如圖魯克所想，周宣果然不是池中物，其實之前他就想到了，周宣遲早都會離開的，只是沒想到會這麼快而已。

易欣也有些難捨的表情，與周宣和魏曉雨相處了這一段時間，並且因爲他們得到了更舒適、薪水更高的工作，但轉眼間他們又要離開了。一旦周宣離開，那她的工作也自然就告一段落了，著實可惜。何況，平時周宣和魏曉雨對她也不錯，大家又都是同胞。

圖魯克嘆息著又問道：「周，真的就不能留下來嗎？」

周宣輕輕搖了搖頭，表情動作雖輕，但神色卻很決然，馬上又說道：

「親王殿下，我知道目前你遭遇的殺手組織『屠手』，他們現在也與我結仇了。我想，親王殿下不是與魏海洪先生有生意往來嗎？不如這次就和我一起到中國，那樣的話，我也可以照料到親王殿下，然後再商議與屠手的事。一旦屠手組織土崩瓦解，親王殿下的危機自然也就解除了，這樣如何？」

圖魯克擔心的正是這件事，無論他權勢多大，多富有，如果時刻遭受威脅，總不是件舒坦的事情。周宣這個提議倒是的確不錯。

圖魯克略微一想，本來他在中國的投資就不小，當即一口答應下來：「那好，周，準備一下，回摩洛哥後，明天我們一起乘專機到中國。屠手的事沒有完結之前，我就跟你一起待在中國。」

周宣當即伸手道：「親王殿下，我代表魏先生歡迎你。」

跟圖魯克商談好，周宣立即告辭出房。圖魯克見到周宣一直跟傅盈牽著手，一刻也未曾鬆開過。這個女孩子跟魏曉雨不一樣，但卻是同樣驚人的美麗，想來，周宣回國的原因就是因爲這個女孩子吧。

傅盈是傅天來的孫女，傅天來又是圖魯克的生意夥伴，但傅盈從未在傅家的生意場中露過面，所以外人都不認識傅盈，這也主要是因爲傅盈對經商管理家族的生意從沒有一丁點的興趣，傅天來也強迫不來，後來又因爲周宣的原因，傅天來索性也不再逼她了，更巧的是，周宣也是個經營觀念淡泊的人，傅天來簡直就是沒輒了。

只是這一次的事件，著實讓傅天來惱火。周宣從他的宴會場上離開後，傅盈又跟著離開，到現在都還沒消息，讓他如火燒眉毛一般。孫女的終身大事令他焦慮，傅家的億萬財產也令他焦慮，如今，這些財產可以說全部掌控在周宣手中，要是周宣還是一副冷漠的態度，他就著實擔心了。

圖魯克親王擺擺手，對周宣笑呵呵地讚道：「周，你的女伴好美麗，跟魏小姐一樣的美麗。」

周宣頓時狼狽起來，紅著臉唯唯諾諾地拉著傅盈離開。

圖魯克雖然是讚揚傅盈美麗，但傅盈可不想聽到有人把她和魏曉雨連在一起，自然心裏就湧起了不舒服的感覺，圖魯克算得上是哪壺不開提哪壺了。

出了親王房間後，周宣拉著傅盈回到自己的房間。

傅盈甩了甩手，但周宣握得極緊，她沒甩開。當然，如果周宣不用異能對付她，而她使用武力的話，那周宣自然遠不是她的對手，不過，傅盈又哪裡捨得讓周宣吃苦頭呢？

李爲坐在房中，見周宣和傅盈回來後，便向頭頂上指了指，低聲道：

「宣哥，這個……曉……曉雨在頂層天臺……」

周宣一怔，心裏又緊了一下，望了望傅盈。

傅盈皺著眉頭道：「看我幹什麼，上去吧，要是你嬌滴滴的美人兒跳了下去……我可賠不起。」

傅盈悻悻地說著，只是說到「跳樓」兩個字時，還是極力穩住了沒說出來，雖然心裏糾

結難受，但也不想拿魏曉雨的性命來開玩笑，有些玩笑是開不得的。

周宣沒有跟傅盈鬥嘴，三個人趕緊出去搭乘了電梯往頂層去。

酒店大樓一共是六十一層，而他們所在的房間是十七層，到頂層還要花幾分鐘時間，因爲中間的樓層一直有人進進出出。周宣極是焦慮，異能探測到頂樓天臺上，魏曉雨表情呆滯地盯著遠處。

她暫時沒有想要輕生的動作，但周宣可不敢保證，一邊探測著她的動靜，一邊急急地等著電梯到來。

傅盈雖然極是憎惡魏曉雨，但現在的情況，她倒是跟周宣一樣的心情，要是魏曉雨出了什麼事，周宣回去後定然沒法向魏家交代，若魏曉雨能好好地跟著回去，那就是她們魏家對不起自己，無論從哪方面講，自己都占理，處在上風。

電梯好不容易到了六十一層，門一打開，周宣就拉著傅盈跨出電梯，李爲緊跟著出來。

這一層還不是天臺，電梯只能到六十一層樓，要再上天臺，還得從人行通道再爬一層。樓梯就在電梯的旁邊，周宣拉著傅盈轉到旁邊，急急地往上跑。

傅盈默不作聲地隨他拉著跑動，到天臺的入口，周宣才停了下來，深深呼了一口氣後，穩定了一下心神，然後輕輕推開了門，生怕響聲驚動到魏曉雨，讓她激動。

傅盈遠遠地便看到魏曉雨孤孤單單地站在天臺沿邊，一步之外便是懸崖一般的牆壁，風吹得魏曉雨的衣衫頭髮直是飄動，心中也有些緊張起來。

周宣鬆開了傅盈的手，小心翼翼地往前面走去，腳步的聲音極輕，不過跟在後面的李爲卻是大口大口地喘著氣，腳步雖放輕了，卻仍是有響聲。

魏曉雨回頭望了望，周宣幾個人嚇了一跳，停了下來，不敢再往前走動。

魏曉雨淒然一笑，淡淡道：「你們別過來，我只是想靜一下，你們以爲我要跳樓麼？」

聽到魏曉雨這麼說，周宣趕緊搖頭道：「不是不是，天臺上風大，還是下去吧。」話雖然這樣說，但腳底下還是不敢動彈。

魏曉雨雙手捂著臉，忍不住嚶嚶哭泣起來。周宣更不敢動，生怕她跌落下去，而傅盈話都不敢說，怕自己說話會刺激到她。

「曉雨，有什麼事我們慢慢說好不好？」

周宣也不知道該怎麼勸她，也不敢說什麼別的話，魏曉雨此刻只怕是處在崩潰的邊緣，輕易不能去觸動她。

李爲卻是張口道：「曉雨，你可千萬不能跳下去啊，這麼高，你跳下去就得摔成肉餅了，你想啊，你長得這麼漂亮，摔下去變成肉餅那還能看麼？」

周宣瞪了他一眼，傅盈也是一咬唇，這個李爲，有這麼勸人的嗎？

魏曉雨漸漸安靜下來，倒不是因爲周宣幾個人的勸說，而是她雙手捧著小腹，千不該萬

不該，肚子裏的小孩是沒有罪的。

「好，我跟你們回去，別緊張，我從沒想過要去死，只是悶了，出來吹吹風。」魏曉雨拭了拭淚，表情完全鎮定下來，退了幾步，離天臺邊遠了些。

周宣趕緊走到她身後隔住她，就算魏曉雨要再想跳下去，中間也隔了一個他。不過，魏曉雨此刻顯然已沒有了一開始的那種表情和念頭，周宣看得出來，不過心中同時也沉重了些。

魏曉雨的動作，顯然是爲了肚子裏的孩子，周宣頭痛起來，如何對待這個孩子，這要比魏曉雨本人的問題更嚴重得多。

傅盈看到魏曉雨退開天臺邊緣幾步後，當即伸手用力抓緊了她。李爲揩了揩汗水，剛剛他倒不是說笑，只是生性那種語氣腔調，當時急切間不覺得，事後想起來，果然覺得十分不妥，好在魏曉雨安然無恙，沒有發生什麼事情。

周宣見傅盈扶住了魏曉雨，倒是不再上前扶她，與李爲跟在她們兩人身後，緩緩下樓，到六十一層時，便乘電梯下去了。

大樓一共有四部電梯，周宣他們乘坐的這部電梯在頂層沒有別的人在內，到五十六層時，進來了四個身材高大的英國佬。

四個英國佬一見到傅盈和魏曉雨兩個女孩子便盯著不放，兩個女孩子實在太漂亮了，其中一個還忍不住伸出了大拇指讚嘆起來，其他三個人便嘻嘻笑著湊攏過去。周宣臉一沉，邁上前兩步，隔在中間。

那幾個英國佬個個比周宣高了一個頭，身材也魁梧得多，看到周宣絲毫不示弱的舉動，當即用壯實的身子擠壓過去，準備把周宣擠到電梯邊上。

他們四個人，本來只是準備調戲一下兩個漂亮的東方美女，占占小便宜，但周宣如鬥雞似地站出來，那便趁機教訓一下他，在美女面前顯顯威風，掉掉她們護花使者的面子。

周宣自然不畏懼這幾個人，只是他還沒動手，傅盈便斜刺裏竄出來，用過肩摔的招式將前面三個洋鬼摔在電梯邊，只聽得「吧嗒吧嗒」幾聲，跟著才是痛呼聲傳出來。

傅盈出了手，周宣也就忍住了不再動手。他一動手只會比傅盈更加厲害，不是極凍的冰氣異能，那就是太陽烈焰高溫，再就是轉化吞噬的功夫，任哪一樣都要比傅盈的過肩摔的疼痛後果更嚴重。

李爲到底是不會武功，行動要慢一些，加之又是站在最裏面，電梯的空間雖不小，但也不算大，傅盈的身手的確了得，在這樣的空間中，使出的招式一點也沒有受到小空間的局限，三個大漢給她摔得直哼哼，半晌爬不起來。

李爲竄出來，伸了腳狠狠給前邊兩個大漢的胯間踢了一下，兩個大漢命根子劇痛，頓時

大聲叫了起來，李為毫不理會，又伸腳向另一個躺著呼痛的大漢踢過去。

不過，那個大漢眼見前邊兩個同伴胯下要害被踢，李為的腳又踢過來時，便警覺地急伸雙手捂住襠下，護住了命根子。

李為冷笑一聲，停了腳，彎腰卻忽然伸手猛插他的雙眼，那洋鬼大漢終是來不及防護，急切間趕緊閉了眼，李為的手指插在眼皮上，那大漢「啊喲」一聲，眼睛受傷，一雙眼眼淚直流，睜也睜不開來，捂住了眼直是叫喚。

李為縮回了手，十分得意，這一手聲東擊西的手法奏效，當即得意洋洋地說道：

「男子漢大丈夫，流血不流淚，打落了牙齒還得和血吞，瞧你們三個鬼子，人高馬大的，給老子一招輕傷了就嘩嘩眼淚直淌，哭爹叫娘的，真他媽的丟你們那啥女皇的臉啊。」

那四個洋鬼子又如何聽得懂李為說什麼話？不過想來也不會是好話，而且李為譏諷流眼淚的那個大漢當然不是在哭，而是給插傷了眼皮，眼睛受到刺激而形成的自然反應。

再說了，這三個大漢要不是給傅盈摔得動彈不得，李為又怎麼會是他們的對手？

最後面一個大漢卻是驚得呆了，沒想到傅盈一個看來那麼柔弱的女孩，竟然有這麼強的能力，他三個同伴的實力他可是明白得很，他們幾個人動手打架的本事都差不多，三個人都在一轉眼間給傅盈摔出去，別說實力，就是這份力氣也是非同小可。他可萬萬不是對手，恐怕四個人一起都遠遠不是這女孩子的對手，更何況此時只剩下他一個人了。

那大漢吃驚之下，老老實實地貼在電梯壁上不動，只要他不動手，傅盈也不上前對付他，而李爲也不是傻子，那三個人就是因爲失去了動手的能力，所以他上去撿個便宜，而剩下的這名大漢好好的沒受半點傷，他要是上前動手，肯定不是這個洋鬼子的對手。

拼命的時候是要拼命，但現在不是拼命的時候，這樣的事他可不會做，明知道打不過還要上前打腫臉充胖子的人就是傻子，他可不是傻子。

看到那個洋鬼子大漢老老實實的不動不說話，李爲也得意洋洋地叉著手站在他面前。此時他們這一方占盡了上風，李爲向來就是個占了優勢還要顯擺一下的性格。

電梯裏的場面一時顯得極爲古怪，下到四十六層的時候，電梯外又有人進來，是兩個白種男女，一見到電梯中的場面都是詫異起來，不知道那幾個人是肚子痛呢還是什麼急病，一個個都在呼痛，而其中的四個東方男女又無動於衷的樣子更是奇怪。

看到周宣幾個人面無表情的樣子，那個沒受傷的洋鬼子趕緊示意要出電梯，然後又彎腰將受傷的三個大漢拖出電梯。

第八十九章

冥冥天意

如果不是她那麼遲地向周宣表白，
要是能早一點點，就算是在結婚的當天晚上跟周宣說明白，
那周宣也就不會與魏曉雨發生這些事了。
看來，冥冥中自有天意，不是自己想怎麼樣就能怎麼樣的。

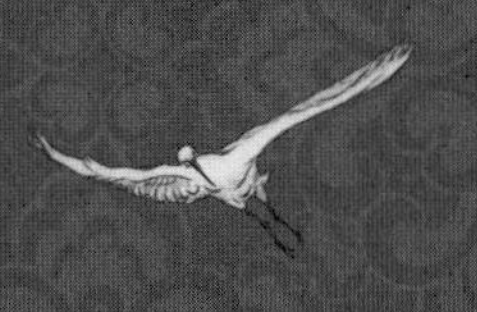

當電梯門關閉下降的時候，周宣異能探測到那個大漢迅速掏了手機出來打電話，心知他肯定是拉人過來報復，哪裡還客氣，異能運起，把他的手機弄壞掉，接著，又把他們四個人的褲子內褲一律熔掉。

但他熔掉的手法很巧妙，周宣沒有把他們的褲子連帶所有的手機等通訊工具都轉化吞噬掉，而是像用刀一圈一圈割斷一般，只要他們一動彈，褲子立刻會變成一堆碎布，這樣的話，他們只會以爲褲子品質不好，被外力的搓擦便即損毀，是剛剛被摔的時候弄毀的。

這些，魏曉雨和傅盈李爲三個人自然是半點不知，看到周宣仍然一聲不響地靠在電梯邊上，還以爲他是在考慮她們之間的問題。

魏曉雨的神情十分淒然，周宣此時連靠近她都不敢，離得遠遠的，任由傅盈扶著她，其實傅盈哪是扶？分明是挾持著她，怕她跑掉或者是做傻事。

電梯降到十七樓，周宣和李爲先出了電梯，然後在電梯口等著，傅盈扶著魏曉雨出了電梯。回到房裏，周宣向魏曉雨說出了已向圖魯克親王遞出辭呈，並且邀圖魯克親王與他們一起回國的事。

魏曉雨臉色又蒼白起來，好半晌才低聲道：「好，我跟你們回去。」之後卻是再也不開口說話，斜身躺到床上，臉朝著裏邊。

周宣看著傅盈同樣悽楚的表情，有些無言以對，又不敢離開，不放心魏曉雨，在回國之前，他不敢再大意，怎麼樣也得把她好好地交回給魏家人。但若不離開這房間也有些不像話，他也不敢要求傅盈，傅盈受的傷害實在夠大了，周宣根本沒有理由讓她做任何事。

傅盈此刻卻是冷靜而淡定地道：「你跟李爲都回房吧，這兒我留下。」

周宣一怔，瞧了瞧傅盈，她低垂著臉不看周宣。周宣有些進退爲難，不知道傅盈是什麼意思。但床上的魏曉雨居然也沒有出聲反對，這兩個女孩子待在一起，不是火星撞地球嗎？

周宣有些擔心，但此時又無其他辦法，想了想，只好硬著頭皮應了下來。

從傅盈剛剛在天臺上的表情便看得出，她雖然不容許愛人腳踏幾隻船，但對魏曉雨輕生的舉動卻是一樣的擔心。有她守在這裏其實是一個不錯的選擇，要是換了他，想必傅盈是肯定不會答應的，而自己在這個時候也有點不知所措。

李爲把有些發傻的周宣拖出了房間，把房門關上後，才悄悄地問周宣：

「宣哥，你這一手漂亮啊，兩個人居然沒打架，不曉得你知不知道曉雨的性格？」

周宣腦子裏亂得很，自然沒有閒情理會李爲的這些廢話。

李爲又說道：

「這個魏曉雨啊，在我們魏李兩家裏，可是最野蠻、最橫的一個女孩子，除了一張臉長得是個美女外，其他任何一方面都看不出是個女孩子，你……」

說著又盯著周宣，沉吟了一下才問道：「你幾時沾惹上了她？我還以爲是曉晴妹妹喜歡

你呢，沒想到曉雨這個橫丫頭也惹上你了，她可不是好惹的。」

周宣頭大得很，瞪了他一眼，惱道：「就你話多。」

李爲嘀咕著，「我這不是爲你好嗎？」但話音卻是低了下去，後面嘰裏咕嚕的話很模糊，周宣也沒聽出來他說什麼。

李爲咕咕噥噥的，準備跟周宣進一個房間，但周宣把他推進了他自己的房間，說道：「好好睡覺，明天準備回國。」

周宣進了自己的房間，躺到床上後，努力讓思緒鎮定下來，但紛紛擾擾地又談何容易？沒辦法之下，乾脆運起異能練習起來。因爲吸進了那顆九星珠，所以周宣現在只要有陽光照射在他身上的任何地方，他都能夠吸收到太陽能力轉化爲異能。

房間的窗戶是朝南的，窗簾也完全拉開了，否則陽光是穿不透的，陽光斜斜射進房中，床上有三分之一的位置被陽光曬著，周宣脫了衣衫，讓陽光曬在胸口上，太陽光轉化的異能在身體中循環，再融入身體裏的異能中。

感覺很不錯，再運起異能，一邊練習，一邊又探測著隔壁房間中傅盈和魏曉雨的動靜。

他和李爲走後，魏曉雨坐起身來，與傅盈兩個人面對面眼對眼地相互盯著。

傅盈忍不住先開口道：「你到底想怎麼樣？」

在傅盈看來，畢竟是魏曉雨奪走了她的幸福，要說受傷害的話，應該是她而不是魏曉雨才對。

魏曉雨單獨面對傅盈時，已經遠沒有面對周宣時的緊張，淡淡道：「我不想怎麼樣，你知道的，我就是喜歡他，沒別的。」

傅盈哼哼著冷笑幾下，好一會兒才說道：「你可真是厲害啊，我不想罵你，也不想跟你對罵，好歹我們也曾經是好朋友，你可以那樣對我，我卻不想那樣對你。周宣那兒，我不想說什麼，如果他選你，我絕不阻攔他。」

傅盈的話一下子便擊中了魏曉雨的要害，她知道，一旦周宣恢復記憶，他絕不會背叛傅盈，跟自己在一起。

事實上，傅盈說得很對，周宣對傅盈的感情，不是任何力量能夠扭轉的，這一點，魏曉雨很早很早之前便已經知道了。周宣絕不會拋棄傅盈，現在的局面，只是她利用周宣失憶造成的，如果周宣清醒後要離開她，魏曉雨是沒有任何把握能留住周宣的。

事實上，魏曉雨在欺騙周宣的時候便已經知道，這樣的結果隨時有可能會出現。如果周宣一生不能恢復記憶，她倒是有可能與周宣幸福地過一輩子，但周宣若是恢復了記憶，那她就沒有半點把握了，即使她爲周宣懷了孩子，她以後的生活也快樂不起來，你愛的人心卻不在你這裏，只會讓你更加痛苦。

魏曉雨呆呆發著怔，當初明知是這個結局，卻仍是情不自禁地欺騙著周宣做了這件事。而當這個結局終於來到時，雖然早就有心裏準備，但心裏仍是痛得難受。

與以前執行任務受傷時的痛楚完全是兩回事，身體上的痛，她從來都沒掉過一滴眼淚，而現在，精神上的痛楚卻來得劇烈難擋。魏曉雨這個時候才明白，這個世界上最痛苦的事不是肉體上的，而是精神上的。

看了看面色蒼白的傅盈，魏曉雨嘆了口氣，說道：

「盈盈，我還是叫你盈盈吧，是我對不起你。我也不求你原諒我，因爲我是情不自禁的。雖然現在是這樣的局面，但若是回過頭來再來一次，我仍然還會這樣做。我們都是女人，都有一顆愛周宣的心，這件事，就這樣了結了吧。回去之後，我再也不見周宣了，我向你保證。」

傅盈沒料到魏曉雨會低頭退讓，對她說出這樣的話來，呆了呆後，連安慰魏曉雨的話也說不出來。在這件事情上，她的確大度不起來，任何東西都可以讓，唯獨愛情不能讓，不能與人分享。

愛情的確是自私的，可以分享愛人的女人們，那都是電視上瞎編的故事，傅盈一直相信，真正的愛情是容不得半點污點的，跟沙子進了眼一樣，是不能忍受的事。

傅盈怔了半晌，然後才說道：「現在不說這個了，這件事，實際上主動權在周宣手中，我們說什麼都等於白說，他的決定才有用，你還是安心地回國再說吧。」

一想到魏曉雨做的事，傅盈無論如何也忍不住怒氣和心痛。這件事也不能怪周宣，魏曉雨是趁他失憶才騙了他的，她怎麼還能責怪周宣呢？

想想自己之前因爲穿梭時空後就沒有了與周宣的感情記憶，結果導致自己不情不願地跟周宣結了婚，而自己再愛上周宣時，卻已經是周宣離家出走之時。說到底，這件事還得怨她自己，如果不是她那麼遲地向周宣表白，要是能早一點點，就算是在結婚的當天晚上跟周宣說明白，那周宣也就不會與魏曉雨發生這些事了。

看來，冥冥中自有天意，不是自己想怎麼樣就能怎麼樣的。

傅盈說了這話後，也不再理會魏曉雨了，斜身躺在那大床的一邊。兩個女孩子各據一角，相互不再理睬，只是腦子中顯然都在各自思考著，這倒是真的有點同床異夢的味道了。

周宣不再探測傅盈和魏曉雨兩個人，把異能收了回來，再繼續練習著。此刻只能用練習異能的方法來轉淡心裏的愁緒，儘管他異能超強，也解決不了這個難題。

好不容易才在朦朧中睡著，第二天早上醒來後，周宣第一件事便是趕緊探測了一下隔壁的房間。傅盈跟魏曉雨竟然相安無事地躺在大床上，這才鬆了一口氣，起身洗漱後，又過去把李爲叫了起來。

圖魯克和護衛們是早就準備好了，半小時後往機場去。這次在路程中再沒遇到屠手等殺

手來襲的意外，周宣雖然心事重重，但對圖魯克的安全還是很重視，盡了心準備著。

從倫敦回到摩洛哥後，圖魯克親王不作多待，以最少的時間準備好一切，然後搭乘他的專機，他自己與六名護衛，再加上易欣、周宣、傅盈、魏曉雨、李為等五人，兩名駕駛，一共十三個人。

圖魯克親王的專機可以乘坐三十六人，裝飾也是極為豪華奢侈，不過眾人都沒有心情享樂，圖魯克等人是擔心屠手的追殺，而周宣卻是擔心著魏曉雨的問題如何解決。

都說近鄉情怯，周宣也是一樣。飛機離城裏越近，要面對的問題就會越多，這時，不僅僅是魏曉雨的問題讓他難以解決，就是面對父母弟妹，他也不知道如何解釋。

對傅盈愛情的不忠，對父母的不孝，對生意的不管不顧……沒想到，這次失憶會造成這麼多惡果。

回去的事，圖魯克一方以及周宣這邊都沒有告知國內的任何人，也就是說，周宣他們回去，國內的親人都不知道。

周宣也一直在考慮著要不要通知魏海洪，這麼多人當中，周宣覺得魏海洪是唯一一個讓他可以放心的朋友，而且圖魯克親王來國內的主要依靠對象也是他，把親王殿下先交給他，是不錯的選擇。魏海洪在城裏的勢力自然不用說了，有魏海洪的關係保護著圖魯克，周宣也可以暫時鬆一口氣。

從摩洛哥回到國內，費了近二十個小時才到，沿途還加了一次油。到了國內機場後，周宣突然有如重生一般，瞧著機場裏熟悉的黃面孔，雖然都不認識，但熟悉的皮膚，熟悉的聲音腔調，眼睛都不禁有些淡淡的濕潤，無論走到哪兒，回到家後才覺得，還是家鄉好啊。

下機後，周宣讓李為給魏海洪打了個電話，把事情簡單說明了一下，魏海洪立即調人準備了一輛豪華巴士過來接人。

周宣隱隱向他說明了，圖魯克親王是因為被國際殺手追殺，所以才來中國避難，而自己和魏曉雨也因此惹上了這個殺手組織。魏海洪長期經歷這種生活，一聽也不用多說，直接安排保鏢過來。

魏海洪的保鏢都是從中南海退職的特級警衛，身手自然很強，但他不知道，周宣他們面對的殺手，並不是一般人能對付的，就算是強如中南海的保鏢們，也不足以應付。

魏海洪安排好車子和人手，就親自過來迎接，並在車上先向老爺子彙報了一番。老爺子也沒有特別吩咐什麼，沉默著便掛了電話。

周宣會回來的情況，他早有預料，只是料不到會這麼快，對於孫女曉雨的事，他可就為難了，只能走一步算一步了。

魏海洪在機場接了他們，圖魯克和周宣一行人坐了豪華大巴，便直接往西城郊的一棟別墅開去。

這也是魏海洪的物業，平時沒有人住，此時倒是派上了用場。

這別墅共三層，一共有二十二間房，占地五百餘平方，一應設施俱全，圖魯克與護衛一行九人住進去綽綽有餘，另外，魏海洪又安排了六名保鏢隨行守護，並安排一切食宿。

圖魯克最擔心的就是屠手的追殺，但實際上，屠手組織給周宣和毛峰聯手重創過後，一時也無暇再顧及他們，因爲能將屠手重創到這個程度，其中還有兩名獸族一死一傷，要對付這樣的對手，已經不是派其他殺手來就能完成的事了，必須得先恢復元氣，再精心準備好後續行動計畫，否則只怕是送死。

周宣與魏海洪一見面，只是擁抱了一下，沒有說話，魏海洪對周宣出走摩洛哥，並與魏曉雨成了真實夫妻的事是十分清楚的，其實這些都是他跟老爺子安排的，所以此時並不奇怪，自然也就沒有多的話寒暄。

把圖魯克親王送到別墅，再留下保鏢警衛，魏海洪還通知了警方暗中調派人手監視著別墅的情況，一有事故就立即通知他。

周宣等人回到魏海洪的別墅時，車上就只剩下他、魏曉雨、傅盈、李爲、魏海洪、兩個保鏢及一個司機。

在魏海洪家裏的客廳坐下來後，老爺子臉色低沉，看了看魏曉雨，忍不住嘆息了一聲，魏曉雨眼淚花花地低低叫了一聲：「爺爺。」

老爺子倒是沒有責備她，反是撫著魏曉雨的頭，慈祥地安慰道：「別哭，別哭，回來就好，回來就好。」

魏曉雨本就覺得很對不起爺爺及叔叔父母，本想硬挺過去，沒想到爺爺卻是半分沒有責怪她，反而是柔和地安慰她，剛硬的心再也硬不起來，撲在老爺子懷中便痛哭起來。

老爺子輕撫著她的頭髮，嘆著氣，眼神中再沒有凌厲的氣勢，在這一刻，指揮千軍萬馬的將軍變成了一個關心愛撫孫女的平凡老頭子。

周宣也是默然無語，傅盈面無表情地在他身旁。這一切傅盈都看在眼裏，倒是能想明白，原來，魏曉雨出走，魏家人並不是不知道，而是早就知道了；也就是說，他們魏家一家人都在欺騙自己和周宣。這樣的情形，任誰也提不起與他們親近的念頭。

周宣靜了一陣，起身說道：「老爺子，洪哥，我就先走了，圖魯克親王的事，我已經答應了他，有什麼事，洪哥會電話通知我，還有……」

說到這裏，周宣眼睛望了望魏曉雨，猶豫了一下，還是說了出來：「老爺子，洪哥，對不起了。」

魏海洪默然無語，老爺子卻是又嘆息了一聲，擺了擺手，說道：「你去吧，我老了，兒

孫的事，由不得我再來理會。」

老爺子嘆息著，眼眉垂了下來。魏海洪伸手在周宣肩上輕拍了幾下。周宣望著廳裏，魏家並沒有其他人在場，連魏曉晴都不在，看來老爺子是有意不讓他們知道的。

魏曉雨落寞地獨自緩緩走上樓，那淒苦無依的背影和無可奈何的情緒都讓周宣一陣難受，看來自己天生就不是一個能狠得下心的人，總是會心軟，總是會心痛。

大家相對無言。這件事，老爺子和魏海洪兄弟都覺得心裏有愧，若是對付別人倒也無所謂，但對付的是周宣，他們就覺得難爲情了，魏曉雨完好地被送回來了，這件事暫時就只能不了了之了。

不過，老爺子也明白，周宣不是個薄情無義的人，雖然現在無法給她一個承諾，但也絕不會捨下魏曉雨不管，如若她有什麼事情，周宣一樣會拼了命來保護她。

周宣雖然沒說什麼，老爺子和洪哥的意思也都是不了了之的態度，但他們都還不知道魏曉雨已經身懷有孕，如果知道了這件事，那又是怎樣一個態度？

傅盈一直是冷眼旁觀，在這個時候，她絕不能心軟。魏家幾乎是一家人都欺騙了她，她也就不必在這裏充爛好人了，一切都讓周宣自己做決定吧。

周宣看著魏曉雨上了樓後，這才又向老爺子和魏海洪說道：「老爺子，洪哥，麻煩好好看住曉雨吧，我先回家了。」

老爺子擺擺手沒說話，李爲跟魏海洪要了一輛車，與周宣傅盈三個人一起回宏城花園的別墅。

幾個月不見，宏城花園廣場尤顯得富貴豪華。李爲把車從廣場邊開進社區時，周宣又是感慨又是情怯，有點坐立不安。

這一次的離家出走，他是誰都對不起的，出去這麼久，甚至從未給家裏打過電話，後來失憶後就更不用說了，現在一想到馬上要看到家人了，忽然間害怕起來，一顆心「砰砰」直跳。

李爲把車停在別墅大門口，大門半開著，周宣下車後站在門前發呆，李爲「咳咳」兩聲，率先進屋，傅盈知道周宣有些情怯，走在了前面。

客廳裏，金秀梅和周瑩母女倆垂淚無語。這段時間，兒子忽然走了，媳婦也去了國外，好好的一個家突然就這麼七零八落了。雖然現在衣食無憂，兒子的幾個公司收入一樣沒下降，但金秀梅就是覺得好像失去了重心一樣，渾不是那麼一回事。

周宣就是這個家的支柱啊，支柱沒有了，這個家還像是一個家麼？

聽到「咳咳」兩聲，金秀梅抬起頭看了一下，見到是李爲，便擺擺手，示意李爲坐下來，心情實在不好，連多說話的心情都沒有。

不過，隨即便看到了李爲身後的傅盈，不禁愣了一下，馬上站了起來，幾步竄上去拉著傅盈的手，急急地道：「盈盈，你回來了？回來就好，回來就好。」

傅盈眼圈一紅，低低地說道：「媽。」

周瑩也趕緊上前拉了傅盈，說道：「嫂子，坐下說吧？」然後又扭頭對李爲道：「李爲，你這兩天跑哪去了？兩天不見人影，我哥的事已經讓人夠愁的了，你還不讓人省心？」

李爲嘿嘿一笑，難得的沒有跟她狡辯，嘴往傅盈那邊努了努。

周瑩不知道是什麼意思，但還是順著李爲示意的方向往傅盈身後望去，這一望，不禁呆了。

周瑩怔了一下，猛然醒悟過來，驚天動地大叫一聲：「哥！」然後放開傅盈的手就猛撲過去。

在傅盈身後的大門邊，周宣斜斜靠在門上，周瑩看到周宣的那一剎那，頓時欣喜若狂，撲過去投入周宣懷抱中，摟著他的脖子號啕大哭起來。

周宣摟著妹妹安慰道：「好了好了，哥這不是回來了嗎？」然後又望著前面對金秀梅說道：「媽，我回來了。」

金秀梅在女兒叫嚷時便望了過來，一看到周宣時人已經傻了，好半天才醒悟過來，聽到周宣叫了一聲媽，這才急急地走過來。

周宣把妹妹周瑩放下來。金秀梅一邊打量著兒子，一邊眼淚掉個不停，看著兒子沒缺胳膊沒少腿的，只是瘦了些，倒是安心了些，停了停忍不住怒氣又上來了，伸手就在周宣肩上一陣拍打，惱道：

「你個死孩子，要把爸媽都氣死啊，你要再不回來，就看不到你媽了！」

看著老娘一把眼淚一把鼻涕地又打又罵，周宣心裏反倒好受了些，給老娘擦著眼淚鼻涕，然後微笑道：「媽，我這不是回來了嗎，放心吧，以後我哪也不去了，就算要去，那也要帶著盈盈，還要帶著你們一起去！」

金秀梅破涕為笑，停了手，這才笑呵呵地道：

「這才對，盈盈這一陣太苦了，你可要好好對她，別再讓她哭了！你不在家的時候，每天晚上我都見到她在房間裏哭，你不在，我這個婆婆說什麼也不管用！」

劉嫂趕緊削水果上茶水，忙得不亦樂乎，周瑩趕緊又給二哥周濤和老爸周蒼松打電話，讓父子倆都趕緊回來。

見面的激動和哭啼過後，金秀梅安心下來，趕緊把兒子和傅盈拉到沙發上坐下，親自用叉子叉了水果給兩個人吃。

兒子和兒媳婦已經是結過婚的正式夫妻了，這一次就當是吵嘴了和好，小夫妻哪有不吵不鬧的？不吵不鬧的夫妻也沒有感情了。

周宣和傅盈對視了一眼，傅盈的眼神中儘是愁緒哀傷，但還是一句話也不提魏曉雨的事，這件事家裏人顯然都不知道，而魏家人自然也是從沒洩露過半點。

傅盈更不敢把這事說出來，要是婆婆金秀梅知道這件事，還不知道會怎麼樣呢。不過對自己來說，這肯定不會是好事，魏曉雨是肯定不會把孩子打掉的，換了自己也不會，要是金秀梅知道了，總歸是一件極大的麻煩。現在別看魏曉雨默默地退到了背後，好似輸了個乾淨，但傅盈知道，魏曉雨最大的王牌其實就是肚中的孩子。

周家所有人都可以不承認魏曉雨，但絕不會不承認那個孩子，只要魏曉雨把孩子生下來，血總是濃於水，就算周宣自己，只怕也不會對魏曉雨多絕情吧？

傅盈不想則已，一想到這事，眼淚就忍不住又嘩嘩地流了出來。實在是沒辦法不傷心啊，可這又沒辦法，世上沒有後悔藥啊，如果自己早一天對周宣說出自己的心事，那周宣也就不會離家出走，說不定，有身孕的就是自己了，那婆婆對她只會疼愛有加了，又哪會是現在的這種局面？

周宣看得出傅盈的心事，她這般爲難又痛苦，周宣著實難過。傅盈一直對自己一往情深，爲了他，不惜拋棄自己的全部，也要生死不離，自己要對不起她，那就是天理不容了。但是，他這一次確實是深深地傷害了她，好在傅盈也明白他與魏曉雨之間的一段感情不是自己的本意，一切都是因爲魏曉雨的欺騙。

只是，傅盈雖然能原諒他這件事，但卻忘不了這件事會帶來的後果，以後的事，已經由不得他們自己掌控了。

金秀梅和周瑩都是吃了一驚，趕緊拿紙巾的拿紙巾，拿毛巾的拿毛巾，都給傅盈擦著眼淚安慰著，只是她們都不知道傅盈真正傷心的是什麼，還以爲傅盈只是因爲周宣離家出走的事還在傷心。

也確實是啊，有哪個女人能不氣呢？結婚的第二天丈夫就離家出走，這讓外人怎麼看？傅盈沒有說自己是因爲九龍鼎穿梭時空而造成了失憶，那樣說的話，金秀梅和周瑩是無法理解也難以相信的，但若說自己是因爲撞傷而引起的失憶，倒是讓金秀梅母女兩個人真正相信了。

金秀梅當時就很火大，氣惱兒子輕易就離家出走的事。這在老家鄉下，有多少對新婚的夫妻在婚前認識瞭解啊？有很多都是媒人做媒，在結婚前一點都不瞭解，有的甚至只認識幾天便結婚了。

按鄉下人的說法，只要圓了房，生了娃娃，生米煮成熟飯了，不和氣的夫妻也會和氣了，金秀梅就是這種想法，只要傅盈有了孩子，一家人自然就會和氣歡樂，有什麼不愉快的事也會忘掉了。

「盈盈，別哭別哭，什麼事都有媽給你做主呢，周宣哪裡對不起你，我就教訓他哪

裡！」金秀梅像是哄小孩一般勸著傅盈。

傅盈哪裡還忍得住，一把抱住金秀梅，哭著說道：「媽，他……他欺負得我太狠了，我……我……真的不想活了！」

金秀梅嚇了一跳，惱道：「盈盈，你瞎說什麼呢，聽著，我可不許你總是把死不死的掛在嘴上，周宣不好，我會替你教訓他，以後可不准再說這樣的話了！」

金秀梅說著，又狠狠瞪了周宣一眼，然後說道：「周宣，還不把我媳婦弄到房間裏休息？瞧我媳婦瘦的！」

周宣一怔，瞧著母親又嗔又笑的古怪表情，當即醒悟過來，臉一紅，趕緊把傅盈接到自己懷中，攔腰一抱，將傅盈抱在了自己懷中，然後往樓上走去。

第九十章
傳家寶

周宣見到有些好笑，他自然是識得這東西的，
在老家，鄉下的女人幾乎人手一個這種頂針。
做鞋子穿線的時候，就是用這個把針頂出來，所以叫頂針。
老媽現在把這個當傳家寶來送給傅盈，確實有些好笑。

傅盈害羞起來，在這麼多人面前，如何還敢抬起頭？掙扎了一下，周宣抱得很緊，掙也掙不動，只得把頭緊緊埋在周宣懷中，哭聲自然也沒有了。

周宣把傅盈摟抱著上樓，大廳裏，金秀梅和周瑩母女倆都瞧得直好笑，轉過頭來看到李爲神情古怪，周瑩惱道：「李爲，鬼鬼祟祟的樣子，做什麼壞事了？」

李爲脖子一揚，爭辯道：「我做什麼壞事啊？我可是從不做壞事……」只是瞧著周瑩氣哼哼的樣子，話卻矮了下去，周瑩肯定是氣他這兩天失蹤了的事。

雖然李爲平時是一副玩世不恭，無所畏懼的樣子，但周宣和魏曉雨的這件事情，他卻也知道是說不得的，雖然他平時是沒個正經，但在對周宣的事情上，他卻從來都是正正經經的。魏曉雨懷孕這個事，打死他他不會說出來，否則肯定會惹得天下大亂的。

別說以後亂的局面他受不了，就是周宣離家出走這一段時間，他就過得極不舒服，每天都被周瑩惱著，讓他找哥哥周宣回來。在這段時期裏，李爲是什麼方法都用盡了，包括他老子李雷都動用了關係，但就是找不到周宣的蹤跡，現在才明白，一切都被魏家老爺子的關係凍結了，難怪找不到周宣。

周瑩哼了哼，對付李爲她有的是把握，而且李爲這一副表情，她一看就知道表裏不一，肯定有問題，不過，對付李爲的手段在老媽面前不好使出來罷了。

周濤和周蒼松父子兩人先後也回來了，聽到說周宣回家了，自然是喜不自勝，不過金秀梅讓父子兩個不要叫嚷，兒子跟兒媳婦回房休息了，又吩咐劉嫂煲一鍋大補湯。

兒子一回來，周蒼松總算大大鬆了一口氣。在他們一家人眼裏，大兒子周宣就是他們周家的希望，似乎就沒有他解決不了的問題，不管周家遇到什麼樣的狀況，只要周宣回來了，他相信一切都會回到原來的樣子，而且會越來越好。

周宣把傅盈抱上樓，進到房間裏把傅盈放到床上，傅盈臉上還有淚痕，但臉卻紅紅的，狠狠盯著他。

這間新房還如以往一樣，傅盈出國後，金秀梅每天帶了女兒周瑩把這間新房打掃得一塵不染，只等兒子和兒媳回來，今天倒確實派上了用場。

傅盈嬌羞地瞪著周宣，周宣看了看門外，趕緊跑過去把門反鎖了，然後跑回來坐在床上。

傅盈吃了一驚，顫聲道：「你……你要幹什麼？」

傅盈說完，趕緊把被子拉起來蓋在自己胸前，雙手把被子抓得緊緊的，這個動作讓周宣又好笑又好氣，以前那個害羞又可愛的傅盈似乎又回來了。不過，周宣也在嘆息，在傅盈沒有把魏曉雨這個心結解開之前，他們之間又怎麼能完全和好呢？

看到周宣並沒有如她想像的那般上前脫衣除褲鑽進被子裏面，傅盈才稍稍鬆了口氣，但

仍是不放鬆警惕，哼了哼，問道：

「你欺負了魏家小姐，現在又要來欺負我了麼？」

這話便像一記悶棍打在周宣頭上，傅盈果然還是惦記著這件事，那麼恨的魏曉雨現在在她口中，倒是變成了周宣欺負過的女孩子，看來傅盈對魏曉雨的記恨不輕，不容易解開這個心結。

而且，周宣現在也不想把傅盈逼得那麼緊，什麼事都有一個過程，傅盈不再提出要離開周家，沒在他家人面前把魏曉雨跟他的事說出來，那就說明傅盈其實心裏還是在乎他的，否則就不會給他留下餘地了。

但周宣又想到，樓下的父母可不知道他跟魏曉雨的事情，現在都期盼著他跟傅盈和好如初，要是這時候自己一個人下樓，肯定就會露餡。但要留在這裏，傅盈此刻尚在氣頭上，想了想，周宣低聲對傅盈說道：

「盈盈，你也看到爸媽對我們的期望了，我不想傷父母的心，也不想再傷你的心，給我一個補過悔改的機會好不好？」

看到周宣低聲下氣的樣子，傅盈心早軟了，這件事錯不在周宣，他只是被騙了，只不過犯下的這個錯誤實在太大，搞到現在大家都很狼狽，而且還有許多後事不可預料。現在，傅盈對周宣可以說是又氣又心痛。

哼了哼，傅盈指著沙發說道：「那好，就罰你在沙發上睡，而且……」傅盈停了停，臉又是一紅，但還是羞羞地說了出來：「而且，不准你在爸媽弟妹面前露出破綻。」

「破綻？什麼破綻？」周宣一怔，問了一聲，但瞧見傅盈又羞又嗔的表情，忽然間明白了，趕緊直是點頭，說道：「好好好，我知道了，我會給爸媽保證……很快有孫子讓他們抱……」

「不准你再說！」傅盈羞惱地開口打斷了他的話，隨即眼圈一紅，扭頭轉到另一邊，躺下身子，然後捂臉抽泣起來，一邊抽泣一邊哽咽著說道：「你……你就是會……會欺負我……」

周宣趕緊脫了鞋上床，摟著傅盈安慰著。傅盈使勁扭動身子，但周宣更加用力，扭了幾下，傅盈自然就順水推舟了。

周宣摟著傅盈時便感覺得到，傅盈雙肩瘦削，臉蛋身子比以前要消瘦得多了，不禁心裏痛憐，低聲道：「盈盈，對不起。」

傅盈給周宣緊緊摟在懷中，此刻又沒有其他人在場，傅盈再也忍不住，伏在周宣懷中使勁哭了起來，把這一段時間受的委屈和難過傷心都發洩了出來。

周宣憐惜地輕撫著傅盈的秀髮，任由她在懷中哭泣。

在這一刻，周宣摟著傅盈，心裏面沒有一丁點的邪念歪想，傅盈對他是那麼的一往情

深，傅盈可以說是純潔無比的女孩子，這麼一個天之驕女完完全全地對他好，而自己又何德何能？哪裡受得了她的如此寵愛？

傅盈哭得累了，伏在周宣胸口上睡著了，周宣瞧著傅盈嬰兒一般嬌嫩的面龐，心裏湧起一片柔情，忍不住摟得更緊一些，心裏溫溫暖暖的，只覺得這一刻就是天塌下來他也不會去理會，迷迷濛濛中也睡著了。

長期的緊張與擔心讓傅盈和周宣都勞累不堪，精神上尤其是今天這一放鬆，兩人都睡了一場好覺，一直到第二天早上九點才醒過來。

傅盈動了動，把周宣也弄醒了，周宣枕著傅盈頭部的胳膊都有些痠麻，兩人一睜眼都忍不住臉一紅，尷尬地笑了笑。

周宣趕緊爬起身說道：「對不起盈盈，我犯睏睡著了，下次我會記得到沙發上睡。」

周宣說著，起身到洗手間洗臉漱口，然後出來坐到沙發上等傅盈。傅盈臉紅如朝霞，嗔道：「你下去，我自己會下去。」

周宣知道傅盈害羞，又知道傅盈的心思，在父母和弟妹面前還要演戲，做出一副兩人美滿恩愛的樣子，笑了笑，周宣便輕巧地先下樓去。

大廳裏，難得一見的老爸周蒼松也沒有去古玩店，弟弟周濤也在，餐廳那邊，妹妹周瑩和老媽金秀梅在幫劉嫂端菜。

周宣訕訕地對周蒼松道：「爸，最近……」遲疑了一下，卻又不知道問什麼好。

最近一段時間，周蒼松倒是迷上了閒暇時看報、看電視新聞，看到周宣問候他，便放下手中的報紙，笑笑道：「坐下吧，你媽她們還在忙，等會兒吃早餐，坐下說說話吧。」

等周宣坐下來後，周蒼松又道：

「你走的這段時間，店裏和珠寶店那邊，兩處的生意都特別好，這個你倒是不用擔心，一切都正常運行，沒什麼好擔心的。我看啊，就今年這一年的收入，就夠咱們一家人幾輩子的花銷了，所以啊，我認爲，咱家的生意，只要穩穩當當地做就好，別太貪心，錢也是賺不完的，多了也沒用。」

「爸這話我很贊同。」周宣點點頭，老爸雖然是個鄉下人，但來城裏後，這段時間裏也陶冶了不少，見識就不同了，爲人要做到不貪，那是真的很難的。沒錢的時候會想著掙到一萬就滿足，當掙到一萬的時候就會想掙十萬，掙十萬的時候就會想一百萬一千萬，成了億萬富豪的時候，就會想要掌控更大的世界。

而周宣還真就不是那麼一號人，如果他一心要賺錢，那麼以他的能力，他手中的金錢數目肯定遠爲不止現在的數字，就是目前的財富數目，周宣也認爲夠了，古玩店和他的珠寶公司，還有一些別的產業，加起來他名下的產業和財富已經超過了一百億人民幣，這在以前，

他和他一家人是做夢都不會想像到的。

即使現在拋開他的公司和店面，隨便一伸手，周宣也能賺到極大數目的現金，來得最快的無外乎他的微雕，可以說只花極小的成本，賺回來的卻是驚人的大數字。

不過，周宣已經沒有了追逐財富的激情。一年多以前，周宣賺到第一筆十幾萬元的時候，的確很激動，而後來一步一步賺到更多更大數目的金錢時，開始熱血沸騰，那時還真是想賺到更多的錢，但後來熟練使用異能了，輕易就能賺到更大數目時，金錢對他的誘惑力就不那麼大了。

現在，老爸周蒼松的心態便如同周宣一樣，而周宣基本上也讓弟妹一輩子的生活無憂了，有兩個店讓家人照顧，覺得很充實，這樣挺好的。

周濤又向周宣詳細地說了珠寶公司最近的發展狀況。財務上，有李麗這個專家把關，業務上，則是有許俊誠這個能手掌舵，背後又有魏李這樣的實權人物撐腰，在生意場上，只要做到別的對手不敢來打你的主意，能正常地做生意而不被對手使陰招下絆子，就能生存下去，更別說周宣的公司貨源充足，頂級的飾件源源不斷，自然是越做越旺。

許俊誠都沒想到，他的公司被周宣一路做得如魚得水，周氏珠寶的發展一日千里，正以他完全想像不到的速度飛躍著。

許俊誠一開始是驚訝，後來明白，他雖然有點子，有想法，但如此順利的飛速發展，主要原因還是因爲周宣的支撐。如果沒有他的上好貨源，以及背後強大的實力，就算他再有能力，也不可能發展到這麼快。現在，許俊誠名下百分之五的股份，若以當前的價値而論，早已超出了他原來擁有的許氏珠寶的全部資產。

雖然現在周氏珠寶不是許俊誠的產業了，但他明白，大樹底下好乘涼，沒有周宣就沒有現在的他，如果換他再來主持，沒有周宣背後的那些隱形勢力，只怕對手的刁難就層出不窮，難以應付了，哪會讓他像現在這般一帆風順？

父子三人聊了一會兒生意，傅盈才羞答答地下樓來，頭上挽了一個髮髻，臉上光彩照人，在廳裏規規矩矩倒了一杯茶水遞給周蒼松，輕輕叫道：「爸，請喝茶。」

女孩子在結婚後通常就會盤頭，髮型不同於少女時候的樣子，這是一個女子一生中的分界線，傅盈的樣子就是明白地告訴周宣，她還是他的妻子，是周家的媳婦。

周蒼松愣了一下，到底沒有經歷過這樣的事，周宣是大兒子，下面是小兒子和小女兒，一個都沒有結婚，所以沒這方面的經驗。

在大戶人家中，這些規矩尤其講究，傅盈雖然沒有多少經驗，但還是聽過，只是跟周宣結婚時，第二天還沒輪到她做這些，周宣就離家出走了，本該有的這些規矩也就沒心情做了。而今天差不多算是真正意義上的婚後第一天，雖然並沒有真正與周宣圓房，但傅盈卻早把自己當成了周家的兒媳，該做的，一樣不能少。

周蒼松愣了一下後，趕緊把茶杯接到手中，小小喝了一口，然後笑呵呵地朝餐廳那邊叫道：「老伴，過來過來。」

金秀梅從餐廳走過來，一邊在圍裙上擦手，一邊問道：「什麼事？沒看到我忙得很嗎？」

周蒼松嘴都笑得合不攏了，拍了拍身邊的位置，說道：「別管那些，讓劉嫂跟小瑩做吧，來來來，坐下來，媳婦要倒茶。」

金秀梅也怔了怔，這才想起，這是新媳婦第一天見公婆的禮節，之前的日子錯過了，現在是補數，也是規矩，怔了怔後，趕緊笑吟吟挨著周蒼松坐下來。

傅盈又倒了一杯茶，然後恭敬地端給金秀梅，柔柔地說道：「媽，請喝茶。」

「哎，好，好。」金秀梅大聲應了一聲，然後接過茶喝了一口，把茶杯放到桌子上後，在身上摸了摸，可是除了一些現金外，再沒有別的。這時給傅盈紅包不太好，在老家鄉下，新媳婦見公婆都要給首飾之類的作禮物的。

金秀梅沒有準備，以前家裏不富裕，早年結婚時，周蒼松也沒給她買過什麼飾物，想了想，忽然說道：「盈盈，你等我一下。」說著，起身急急上樓。

傅盈幾個人都是怔了怔，不知道金秀梅是什麼意思。

一會兒，金秀梅便急急地跑下樓，手裏拿了個銀白色戒指般的東西，寬約有一釐米，表層是格子一般的小窩孔。金秀梅有些不好意思地道：

「盈盈，我也沒有準備，你公公打結婚起也沒給我買過什麼東西，這個銀的頂針是你公公買給我的，那時候，在鄉下，女人都是要做鞋子的，這個頂針就是做鞋子用的。不過，現在的人都不穿布鞋了，這個頂針也沒有什麼用處了，只是這是你公公買給我的，我就送給你，以後你跟周宣的兒子要是結婚了，就把這頂針再傳給兒媳婦。」

周宣見到有些好笑，他自然是識得這東西的，在老家，鄉下的女人幾乎人手一個這種頂針。做鞋子穿線的時候，針扎在鞋底布裏，就是用這個把針頂出來，所以叫頂針，有的地方叫「底針」，意思是一樣的。

老媽現在把這個當傳家寶來送給傅盈，確實有些好笑，不過傅盈卻是欣喜地接過來，在手指上試了試，不過她手指小，這頂針戴在手指上不合適，除非戴在大拇指上面才套得牢。

金秀梅又趕緊說道：「盈盈，你不用戴在手上，我給你這個，也只是個象徵意義，表示你現在是我們周家人了。你這麼個漂亮的女孩子戴個頂針在手上也不好看，就放起來吧，算是我們周家長子的傳家物。」

傅盈點點頭，鄭重地回答道：「好，媽放心，我一定會好好保存的。」說完就回到樓上，把這枚頂針放到首飾盒子中，然後才下樓。

金秀梅又道：「別說了，過去吃早餐吧，今天是我們一家大小團圓的第一頓飯。」看了

看，又嘆道：「可惜了，還差李麗，要是李麗到了，那就齊全了。」

周濤笑笑道：「媽，你又不是不知道，李麗家這幾天換房子搬家，忙得很，沒把我調去幫忙算好的了，平時哪一天不是在我們這兒伺候您呢。」

金秀梅笑道：「就你心疼老婆啊，伺候婆婆不是她應該做的嗎？」

一說到這話，金秀梅當即想到面前還有個大媳婦傅盈，倒是有些不好意思起來，又道：「不過，小麗人倒是挺好，我很滿意，盈盈也好，我們周家啊，是祖墳埋得好，有兩個沒得挑的兒媳婦。」

傅盈羞羞地道：「媽，我什麼都不懂，您得教我，我知道，我比小麗差很多，小麗又懂禮又會做家務，做飯做菜都沒得說……」

金秀梅趕緊擺擺手道：「瞧你說的，誰說女孩子就一定要做菜做飯做家務了？我們家沒這個規定，咱們家做飯有劉嫂，還有你媽我呢，女兒家就少做這些了，你愛怎麼就怎麼，有媽給你撐腰，咱們家又不靠別人家吃飯，管別人怎麼看怎麼說的。」

金秀梅早就知道傅盈是個千金小姐，做這些自然是差了些，但她對自己一家人好得不得了，又對兒子一往情深，從沒嫌棄過周家窮，更沒嫌棄過周宣是鄉下人，還能要求她什麼？有這樣的兒媳，已經是自家燒高香拜大佛得來的了。

一家人團團坐在餐桌邊，坐在上座的自然是周蒼松夫妻兩個人，緊挨著金秀梅的是傅盈，本來傅盈是要坐在周宣下方的，但金秀梅硬要拉著她挨著坐下，傅盈當然不會忤逆她，周宣自然就坐在傅盈下方了。

對面是周濤挨著周蒼松坐著，在他下方是周瑩和李爲，最後面是劉嫂。

一桌子的菜，很是豐盛，雖然不是什麼魚翅燕窩的名菜，都是些金秀梅和劉嫂熟悉的普通菜，但做得很用心，在她們自己來看，已經是很豐盛的了，而傅盈也覺得很溫馨，這才像一個家，有家的溫暖，不需要高級的，只要有親情。

金秀梅先給傅盈和周宣一人盛了一碗湯，說道：「盈盈，周宣，把這碗湯喝了。」

傅盈詫道：「媽，這湯怎麼就剛好只有兩碗?就我跟周宣喝多沒意思?」

金秀梅笑笑道：「別管他們，這是媽特地買回來給你們煲的大補湯，他們用不著。」

傅盈臉一紅，當即明白是什麼原因了，她再不懂，也明白大補湯的含義，臉紅心跳的，但看到金秀梅目光炯炯地盯著她，要是不喝下這碗湯，這一關可是過不了。

傅盈只得端起湯碗，羞紅著臉，慢慢把湯喝了，果然，那湯裏有一股濃濃的藥味，顯然是很多種藥材煲出來的。

周宣也在老媽的狠盯下，把一碗湯喝了個乾淨，心想，還好這只是大補湯而不是藥，否則就有自己難受的。

一頓早餐就在溫馨中度過。

李為那麼多嘴的人，居然也閉緊了話頭，只是放嘴猛吃。飯後，周宣對周蒼松說道：「爸，我跟你到古玩店坐一坐，反正在家裏也沒什麼事。」

現在的古玩店中，周家的人實際上就只有周蒼松一個人了，因為年紀大，學歷也不高，到珠寶公司也沒什麼大作用，不如就在古玩店中待著，而且從一來到城裏，周蒼松就在古玩店中做事，這麼久了，對古玩店中的活也熟手熟腳，可以說對店也有感情了，就當是替兒子守著店吧。

金秀梅輕輕推了推傅盈，然後說道：「去吧去吧，在家悶著是不好，出去轉轉也好，不過把盈盈帶過去，別讓媳婦悶壞了。」

金秀梅的意思很明顯，周宣剛回來，與傅盈才剛和好，平時多待在一起比較好。再說，讓兒媳婦看著兒子，雖然她相信兒子不是會出去吃喝嫖賭的人，但有些事就不同了，比如魏家姐妹吧，可是跟兒媳一樣漂亮又有身分，也對兒子好像很對眼的樣子，做人，還是踏實點好，自己家也不是什麼豪門大家，做人要對得起良心，可別讓兒子再跟魏家姐妹搭上什麼關係，以後見了魏家老爺子和魏家大人們也沒臉說話。

周宣笑了笑，老媽的意思他哪會不知道，現在只要傅盈原諒他，魏曉雨那邊不來找麻煩，那就沒什麼事了。

昨天晚上與傅盈同床共枕過後，雖然沒有真正行夫妻之禮，但兩人的感情顯然又好了許多，本來覺得魏曉雨的事是一件難題，但現在看來，好像也豁然開朗了一般。

魏曉雨回魏海洪家時，魏家老爺子和魏海洪都覺得有些愧對周宣和傅盈。從這一點上講，魏曉雨應該不會再來找周宣糾纏不清，至於以後的事，傅盈也管不了那麼多，走一步算一步吧，到底還是放不下周宣，這也是沒有辦法的辦法。

周宣離家出走後的幾個月，以前訂的車也都到了，現在除了金秀梅一個人沒有車外，其他人，周蒼松、周濤、周瑩、傅盈、周宣自己，每人一輛車，車庫已經擺放不了，只好停到別墅前方的位置。

周宣的新車是一輛奧迪A6，開新車自然有興趣了，於是傅盈就不開車了，坐周宣的車。

周宣挺喜歡這輛深藍色的奧迪A6，不那麼張揚，開起來也很順手，這段時間，周宣也開過不少車，有經驗了，開車時已沒有以前的那種生澀感。

傅盈默不作聲地坐到了周宣的車上，在眾人面前，她得強顏歡笑，扮戲一般，但獨自與周宣在一起時，臉色頓時陰沉了下來，呆呆地用手襯著臉蛋。

周宣嘆了一聲，然後探身過去幫她把安全帶繫上，之後發動車子，緩緩開出別墅區。周宣的車便與李為周瑩的車分道而行，他們去的是珠寶公司，周宣去的是古玩店，周蒼松已先

到店裡去了。

車子開在熟悉的道路上，公路兩邊的建築中，到處是熟悉的廣告招牌，一切都回到了自己熟悉的地方，周宣心裏湧起一陣強烈的感觸，時間雖不長，自己卻如過了幾百年一般。

車速開得不快，在一處紅燈岔路口等待時，旁邊停了一輛黃色的蓮花敞篷跑車，車上是兩個髮型很時髦的青年，一看就知道是典型的富二代。

兩個青年橫眼一掃，看到周宣身邊坐著的傅盈，忍不住「哦」的一聲驚嘆，隨即吹起了口哨。

周宣忍不住微微一笑，真的是回家了，換在以前，自然是把調戲傅盈的人弄得灰頭土臉，最起碼也得把他們的車毀掉，不過現在，周宣心情平靜得多了，反倒覺得自在起來。

傅盈也發覺到周宣改變了許多，對她依然如以往的愛意，但卻遠沒有以前那般的衝動。

兩個痞子嘿嘿笑著，靠邊一個挑釁道：

「小姐，你實在太漂亮了，坐那樣的車太埋沒你了，乾脆過來坐我們的車吧，這車多拉風！香車美女嘛，有美女，車自然要好，要夠高檔才行。」

傅盈淡淡道：「哦，是嗎，我也想坐你們的好車，可我男朋友不願意怎麼辦？」

那青年頓時嘿嘿笑道：「現在還有得他願不願意的事嗎？咱們的社會不是講的戀愛自

由，人人平等嗎，他憑什麼管得了你？」

聽著那青年的一陣瞎說，周宣又好笑又好氣，紅燈轉眼過去，綠燈亮了，周宣把手伸出去指著青年那輛車的下方說道：

「小夥子，泡妞是要開好車，但開好車也得開一輛完整的車吧，你這輛車輪胎都斷裂了，還怎麼開？」說著，笑呵呵地緩緩發動了車子。

那痞子一怔，探頭到車門外低頭一瞧，這一瞧不禁吃了一驚，前輪胎外層已經斷裂成了幾段。

這可是特殊質材的高級真空胎，扎了鋼釘都沒問題，但再好再強的輪胎也頂不住給攔腰割成幾段，沒有氣，車身已經實實在在壓在了輪轂上，要是不換輪胎，是不可能再開的。可紅燈路口不容等待，後面的車已狂按喇叭，司機們已經開始大聲叫嚷了。那兩個青年頓時搞得狼狽不堪，再看看載著美女的奧迪，早已跑得不知去向了。

周宣開了很遠後才微微搖頭，瞧了瞧傅盈，訕訕地笑道：「盈盈，都怪你長得太漂亮了，爲了這個，我都不知道弄壞了多少輛好車了。」

「你少拍……少拍……哼哼！」傅盈一咬唇，當即哼哼地回答，但一想到「馬屁」兩個字說出來，那其實就是說自己是馬，倒是硬生生忍住了，沒說出來。

雖然在父母弟妹面前裝扮出另一副表情，但周宣知道，傅盈並沒有完全解開心頭的結，

如果他只是和魏曉雨同居，那也不用這麼揪心扯肺的煩惱，但問題是魏曉雨懷孕了，這讓傅盈無論如何都擺脫不了這個陰影。

第九十一章

閉門羹

那青年無奈之下，
不得已把這件傳家寶拿出來，想換一大筆錢，
卻沒想到，這件所謂的傳家寶卻是連遭閉門羹，
沒有一家店收下，別說想換一大筆錢了，
就是換個百八十塊，看來人家都不想要。

周宣趕緊專心地開著車，一直到把車開到潘家園附近的停車場，然後下車往店裏走去。

這個店裏，其實長期露面的是張健和周蒼松。誰都知道周蒼松是大老闆的父親，張健是小老闆，反而真正的大老闆周宣來了，隔壁鄰店的人卻都不認識。

店裏的幾個夥計自然是認識周宣的，傅盈這個天仙一般的老闆娘更是不會忘記，一見到兩人過來，趕緊請進店裏，倒茶的倒茶，伺候的伺候。周宣笑笑地擺了擺手，示意他們自己做自己的事，不用管他們兩個。

張老大不在，店裏主事的只有掌眼老吳，這個老教授見到周宣，也禁不住熱情地擁抱了他一下，然後坐下來跟周宣聊著天。

周蒼松雖然能夠代表周宣，但平時只做一些夥計做的事，幫幫下手，真正技術上的事，他是半點也插不上手的。

老吳跟周宣聊的自然是一些生意上的鮮聞奇見，對於店裏的生意情況，他隻字未提，因爲周宣根本就沒有興趣聽，周宣只會在店裏遇到困難、經營遇到麻煩時才會出面，生意上的事，幾乎完全交給了張健和老吳兩個人，所以老吳也幹得挺自在，有絕對的發言權，在生意上也極爲盡心盡力。

因爲周宣這樣的老闆，可能他這一生中再也遇不到第二個了。周宣這個人很大方，對金錢如此隨意，在做生意的人中，是很難遇到的，就算遇到這樣的，也不一定都有他這樣的財運啊，這麼短的時間裏，老吳幾乎是看著周宣從千幾百萬發展成超過百億以上的巨額資產，這已經不能簡單用運氣來說明了。

所以說，老吳不後悔跟著周宣。以他的實力，得到的報酬在同業中算是很高的，但周宣給他的，卻遠比他正常應得的還要高。

雖然他不在乎金錢，但周宣的誠意讓他十分感動，而張老大也從不限制他什麼，張老大只負責外面的生意來往，店裏的收入賣出等等，完全由老吳一個人做主。

不論是賺了還是賠了，都不會讓他承擔責任，這是周宣定下的規矩。不過說實話，在這個店中，老吳在技術上可以說極少犯錯誤。

店裡由千幾百萬的規模，一下子壯大到現在的數十億資產，老吳和張老大都明白，他們兩個的貢獻雖然也不少，但真正讓店壯大的，是靠周宣自己的努力。周宣雖然不管店裏的事，但他不時地把大筆生意拉進來，隨便一筆生意就能讓店裏賺進數千萬甚至過億的利潤。

就以微雕的生意來說吧，老吳只是找朋友托賣，結果就讓店裏淨賺幾億，這種事，就是經驗豐富的他，也不敢想像。

說話間，店裏來了幾個客人，幾個店夥計趕緊上前招呼，前後進來三個人，看樣子不是一起的，一個二十多歲的年輕人，一個是三十歲左右、挺時尚的富態女子，還有一個是六十多歲的老頭。

年輕人和那富態女子都是提著包包的，老頭卻是空著手，周宣和老吳雖然沒有上前招呼，但兩人都瞄著這三個人。

老吳笑道：「小周，咱們倆猜一猜這三個人的來意，呵呵，你先還是我先？」

周宣見傅盈在架子邊無聊地看著玉器，笑了笑，回過頭對老吳道：

「吳老，你是長輩，還是你先吧。」

老吳笑了笑，也不客氣，點點頭，輕聲道：

「那個年輕人，提著包包，包包鼓鼓的，再看他的衣著，雖然是名牌，但衣角處有髒污，表面很光鮮，實際上可能已經是落魄的人了。再看看他的包包，我猜測他是來賣東西的。」

周宣異能探測著，那年輕人包裹有一片黃色的緞布，包了一個瓷碗，碗很光鮮，底部有大清官窯的印記，但周宣卻測得出來，這只是一件仿製品而已，不過那塊布倒是……

就在周宣琢磨時，老吳又說道：

「那個貴婦模樣的女人，嘿嘿，手指上的鑽戒有好幾顆，遠遠瞧著，鑽石的光澤就有些不純，大概她自己也不太明白，看看她手上身上，到處是金子堆起來的，根本就是一個暴發戶，或者是大款養的二奶，臉還過得去，但顯然是沒有內涵的鄉下女子出身。不過，這樣的人對於店家來說，倒是最好的客人，因爲她會捨得下血本去買東西。」

周宣探測到那女人包裏，除了大疊的現金外，就是好幾張銀行卡，看來老吳的猜測還真有幾分準確性。

然後再看最後那個老頭，額頭上全是皺紋，手指看起來也像老樹皮一樣，就像一個做粗活的鄉下老頭，與剛來城裏的周蒼松倒是有得一拼。

老吳沉吟了一下才道：「這個老頭倒是難猜一點，要是一般人吧，會以爲這老頭是走錯了地方，但我倒是覺得無事不登三寶殿，他來定然有他來的道理，小周，你說呢？」

周宣異能探測得清楚，除了老吳說的那個青年包中的東西有點不同的意見外，其他兩個人基本上是一樣的看法，當然，老吳的眼光已經是很厲害了，換了他自己，如果沒有異能，是肯定遠不如老吳的。

老吳笑問周宣，周宣也笑笑道：「吳老，論這個，我是不敢跟你比的，你都先說了，要我說，那就是照著你說的再說一遍了，哈哈。」

老吳也哈哈一笑，然後跟周宣一起瞧著那幾個人。

三個人的表情動作還真是不一樣，那青年進店後抱著他的包包，只是東張西望地看人，對店裏的物件貨品卻是一眼也不瞧，而那個女子則是盯著翡翠飾品那一方，對古玩瓷器方面半眼也不斜一下。

那個老頭子卻又只專注於貨架上的瓷玉古玩一類，看來老吳的觀察力還真是超級神準。

那個年輕人瞧了一陣，夥計上前問道：「先生，有什麼需要嗎？」

那年輕人猶豫著說：「我……我有一件東西，你們瞧瞧……」

「那好啊，我們做的就是買與賣的生意嘛，只要是有價值的東西，賣價公道，那我們就會收。」夥計一口應下，然後照本宣科地道：「先生，請把您的物品先拿出來瞧瞧。」

那青年走到近前，把包包小心地放在茶几上，取出的是一團布包著的東西。布是土黃色，老吳的一雙眼緊盯著，對那黃布沒有太在意，緊盯著的只是那青年的動作。

那青年把黃布輕輕解開，露出的是一隻小碗，紫青色的花紋沿邊，白底紫花，外形看起來還不錯。

夥計自然不懂，拿眼瞄著老吳，老吳淡淡一笑，伸手把碗拿過來，裡外翻轉瞧了一遍，碗底有「大清康熙十八年燒製」的字樣，然後又用手指輕輕在碗沿邊一彈，放到耳邊一聽，聲音不是很脆，有幾分零亂分散的雜音。

老吳是靠真才實學和經驗來斷定的，自然不能像周宣那樣，隨意一動異能便即知曉。這碗早在那青年進門之際，周宣便已經知道是假的了，不過在老吳面前，他是不會說出來的，這一點肯定是難不住老吳，只是不曉得老吳是否會注意到那塊土黃布？

不過很難，老吳到底不會異能，不能跟他一樣能探測到萬物的根本底子。

老吳果然是淡淡一笑，把碗輕輕推了過去，對那青年說道：

「對不起，先生，你的這件瓷器，嘿嘿，我們不能收下，你還是到其他店試一試吧。」

老吳這話雖然沒有明說他的瓷碗是假的，是贗品，但話意卻包含了這一層意思，那青年也不是傻子，自然聽得出來，臉上表情不禁大爲失望，喃喃道：

「這……這……可是我家……幾代人傳下來的家傳之寶啊……怎麼會是……是假的呢……」

「呵呵，」老吳笑了笑說道，「我可沒說是假的啊，小老弟，也許別家店就瞧中了你這件瓷器呢。」

那青年失望之極，但看老吳的樣子，顯然是這個店裏能說話做主的人，他既然這樣說了，想必再說也沒有用，只能走人了。

說實在的，這青年之前已經在別的幾家店裏拿出來過，但那些店裏的老掌眼師傅自然是不會被這件瓷器騙過去，自然都是推脫之詞。一般看出來是贗品假貨的，雙方都不會明說出來，只會以這以那的理由搪塞掉，而那幾家店都推薦這青年到周宣這家店來試試看。

這都是那些店眼紅不爽，但又不敢跟周宣這家店明著來，其實就是暗著來也不敢，人家的背景太厲害了，無論是明暗，都扳不過他們，潘家園，甚至是整個城裏的古玩行業中，有來頭的人多的是，但找關係一說要對付周宣這家店，人家稍微一查便即臉色大變，趕緊勸店

主老實點，別惹事。

那青年無奈之下，只得再過來試試手氣，因爲自小便聽見爺爺說起過，家裏這件傳家寶是價值連城的珍品，一定要好好保護珍藏，現在家逢巨變，急需用錢，能管事的長輩又見佛祖了，這才不得已把這件傳家寶拿出來，想換一大筆錢，卻沒想到，這件所謂的傳家寶卻是連遭閉門羹，沒有一家店收下，別說想換一大筆錢了，就是換個百八十塊，看來人家都不想要。

周宣探測得十分清楚，這件瓷器年代倒有百十年了，不過是清代的土窯製品，沒有價值，但從那黃布的情形來看，這件不值錢的瓷器其實是個障眼物，是這青年老祖上故作遮掩的法子罷了，而且看來很成功，不僅瞞過了他們自己家裏的子孫後代，連老吳和潘家園別家店的老技術師傅們的眼睛都給騙過了。

看著那青年失望之極地準備將瓷碗用布包起來離開時，周宣忽然說道：

「先生，你這個碗，想要多少錢？」

周宣這一聲，不僅僅那個青年呆了一下，就是老吳和幾個夥計也都愣了一下，老吳都決定不要的東西，應該就是沒有價值的東西了，爲什麼周宣還要再問那個人？

不過周宣是大老闆，有的是錢，只要他喜歡，別說是個假碗，就是一堆廢紙，他想要給一百萬，那也是他的事，別人可管不著。

那青年呆了呆後，頓時喜形於色，趕緊又把黃布解開，把碗拿了出來，急急地說道：「我就說嘛，這可是我家幾輩人……」

「別說那個，直接說吧，要多少錢？」周宣手一擺，打斷了他的話，直截了當地說著。

那青年發了一下愣，一下子倒是不知道怎麼開口了，跑了好幾家店，說實在的，就是他自己，心裏也有些打鼓，懷疑自己這碗是不是有價值的真東西了，如果是假的，換了他自己，能給多少錢？

那青年猶豫沉吟著，心裡很想賣一大筆錢，但又怕開的價太高，會讓對面這個年輕人馬上回絕，看起來他是有些興趣，但他跟那個老掌眼師傅顯然很熟，老傢伙已經斷定這是不值錢的東西，不想要，難道就不會跟他明說，勸說他？

正猶豫時，那青年再瞧瞧其他人，卻是驚奇地發現，那掌眼師傅和幾名夥計此時都閉緊了牙關不說話，顯然是等那開口讓他出價的年輕人自己做主。

那青年猶豫著，然後試探地說道：「這個……因爲是……是傳家寶，這個……這個……起碼要十……不不不，八……最少八萬……」

老吳嘴角一翹，輕輕哼了哼。

周宣自然知道老吳的意思，要說這瓷碗，別說八萬，就是八百，人家都不想要。底子上的泥胎雜質極多，一看就知道是土窯仿製的官窯產品，品質又差，很容易就看出來。

以老吳對周宣的瞭解來看，周宣在他面前一直是顯得極其神秘，有時候雖然也很幼稚，但那是言行，而說到對古玩這一行中的技術辨識來講，老吳不得不佩服周宣，這個年紀輕輕，但鑑定的技術和眼光，連他都遠爲不及，真不知他哪來這樣的天分。

現在，周宣顯然是真想得到這個碗，難道這個碗他看走眼了？是真的寶物嗎？

「八萬？」周宣念了一聲，然後輕笑道：「呵呵，八萬，你決定要這個價了嗎？」

那青年怔了怔，不知道周宣這是什麼意思，是說他開的價太便宜了呢，還是太貴了呢？一時怔忡不已。

自己開價八萬，還是鼓足了勇氣才說出來的，現在想來，估計周宣還是嫌他開的價太高了吧，就是自己也覺得離譜。以前聽爺爺說得鄭重無比，說是價值連城，可八萬塊與價值連城，顯然距離差了不是一丁半點吧。

拿出來後，心裏就在想著，這東西要是能換個幾百萬甚至幾千萬，那好日子就算到了，也確實是這樣想的，不過在跑了幾家店後，那青年的信心就瓦解了九成以上，沒有半點自信了。

周宣見那青年遲疑著，笑了笑又說道：

「那好，八萬就八萬吧，不過我有個要求。」

那青年呆了呆，然後又是一喜，趕緊問道：

「有……有什麼要求？」

周宣指著他的包包和那塊黃布說道：「等一下我要拿回去，你那包包和布得一起給我。」

「這個當然沒有問題啊。」那青年愣了愣，隨即一口答應下來，心裏卻在想著，這個算什麼條件？那碗賣了後，這塊破布，他原本就打算出了門扔在垃圾桶裏的，既然他要，順便就給了他，還省得他多一份事了。

周宣回頭對周蒼松道：「爸，拿八萬塊錢來。」

周蒼松雖然不懂古玩之類，但在這個店裏待了也快一年了，看老吳的表情就知道這個瓷碗怕是不值錢的東西，但兒子既然開了口要，那就別說是八萬了，就是八十萬八百萬，周蒼松都不會出言攔阻，對兒子的舉動，他從來不阻止，因爲兒子至今都沒看錯過。

不過，要說沒做過錯事，那自然只是說生意上的事，對感情上的事，自然又另當別論了。

周蒼松二話不說，直接到裡間，打開保險櫃，取了八萬塊錢出來，堆放在茶几上。八疊錢，每一疊都有銀行的紙皮封條，周蒼松又拿了一個驗鈔機出來，攤手說道：「可以拿這個驗鈔計數。」

周宣淡淡笑道：「先生，你再考慮一下哦，買賣的事，講究的是當面現銀交易，事後不理，雙方如果銀錢交易過後，你我可都沒有反悔的餘地了，你想清楚再做決定吧。」

看著桌子上八疊鮮紅的鈔票，那青年兩眼都放光了，雖然與他來之前心中所期待的數目相差了很大，但做夢的事誰都有，誰都想發大財，只是能不能發大財卻又是另一回事。現在看來，能拿到八萬塊就是他的運氣了。

周宣一問之下，那青年便即趕緊回答道：「想好了，想好了。」

「那好，你簽個買賣協議，銀貨兩訖，簽完字後，咱們的生意就算成交了。」周宣隨即指著夥計拿出來的買賣協議書說。

現在的交易，除了有些地下交易不會有正規的買賣協議，一般店裏正常營業是一定要的，否則就是違法交易，一旦查起來，這份買賣協議就能證明貨物的來路是正常的。目前的古玩市場，政府的打假力度越來越大，最主要的是嚴禁盜墓行爲，買賣古玩的雙方簽了協議，留下身分證影本，就可以杜絕一部分盜賣古玩的。

那青年自然是不怕這個的，這碗確實是他家傳下來的，而他父母早在十年前便遇車禍死了，是他爺爺撫養他長大的，但爺爺又忽然腦溢血去世，所以家裏的一切財物都是他的，他可以做主。

不過，現在家裏其實已經是家徒四壁了，根本就沒有什麼東西，這件東西，還是爺爺在他很小的時候給他看過的，長大後反倒不輕易拿出來給他看了。

爺爺在醫院經搶救後清醒了幾分鐘，但已經說不出話來，只是抓著胸口。爺爺死後，在他胸口的內衣袋裏有一把鑰匙，就是家裏珍藏的那個大櫃子上鐵鎖的鑰匙。

周宣與那青年的交易就在店裏一角進行著，這一幕甚至吸引了另外兩名顧客，那個富態女子和那老頭，此刻都站在一旁瞧著他們。

那青年很急地便在那張買賣協議上塡寫完畢，最後在下面簽了自己的名字，周蒼松又推上印泥盒子。

那青年更不遲疑，拿大拇指在印泥裏按了一下，然後再在協議書上自己的名字上面狠狠摁了一下，一個鮮紅的指印便印在了名字上面，這才對著周宣問道：「好了嗎？」

「好了好了。」周宣呵呵一笑，然後指著桌子上那一堆現金說道，「這些錢，現在是你的了。」說完，轉頭對周蒼松又說道：「爸，把店裏的公事包拿一個出來，送給這位先生裝錢吧。」

周蒼松應了一聲，然後到裡間再拿了一個牛皮的公事包出來，那青年不怎麼明白，但其他人可不是瞎子，這公事包質地不錯，最少值幾千塊錢，他自己那爛包包，就算是全新的，一百個也換不到這一個。

周宣把公事包從父親手裏接過來，然後遞給那青年，微笑示意裝錢，那青年也不在驗鈔

機上驗真假，直接就裝在了包裹，拉上拉鏈，接著就緊緊地摟在了懷中，站起身來就要走。

周宣笑笑又囑咐道：「別那麼急，要小心點，最好是搭計程車直接回家，到銀行也可以，千萬別坐公車。」

這個青年確實不像是有錢人，這八萬塊錢便將他激動得忘乎所以了。周宣忍不住提醒他，以免在路上被搶了或者被盜了，那就不划算了。店裏交易完成後，他那些錢無論發生什麼事情，可都與店裏無關了。

那青年「嗯嗯」地應著，一邊急急地就往店門外快步出去，周宣只是微笑著搖頭。

等那青年走後，周宣把協議書拿起來看了看，那青年簽的名字是「陳遠雷」三個字，笑了笑，然後遞給老爸說道：「爸，放起來吧。」

老吳盯著周宣，很是不解，然後又把那碗拿到手中，又仔細地瞧了起來，過了半晌，還是搖搖頭，在他看來，這個碗毫無疑問就是一個不值錢的土窯仿品，年數雖然也有上百年，但沒有一點價值。

周宣笑了笑，店裏面除了幾個夥計瞧著他外，那個富態女人和老頭也都瞧著他，想看看周宣是個什麼說法。

周宣笑而不言，然後用那土黃布把瓷碗包了起來，再提著那破包進了裡間，邊走邊對老吳說道：「老吳，進來說吧。」

這明顯是表明不想讓外人知道，那富態女子和老頭看看這戲也看不成了，顯然人家不想在他們面前露出寶來，當即轉頭瞧著貨架上的物品，依舊看著貨物。

老吳和周蒼松跟著進了裡間，周宣笑吟吟地指著座位說道：「坐下說吧。」

老吳和周蒼松坐了下來，跟著傅盈也走了進來，在周宣身旁坐下來，也想弄清楚周宣到底是在玩什麼把戲。

周宣把黃布打開，將瓷碗放在桌上，然後微笑著說道：「吳老，你再看看。」

周蒼松特地把裡間中的大燈打開，亮堂堂的，把一切都照得清清楚楚，便是一根頭髮也能看得清楚。

老吳很是詫異，周宣這個意思無疑是說明了，他買下這碗不是無的放矢，是有深意的，否則又怎麼會把八萬塊亂放出去？

周宣就算再有錢，八萬塊不值什麼，比九牛一毛還不算，但也不會這樣隨便亂撒吧？他又不是慈善家，唯一能解釋的就是，這件東西是有價值的，至少是絕對不止值八萬塊的。

老吳沉吟了一下，然後把布打開，把碗拿到手中，再對著燈光仔仔細細地看了起來，不過得出的結果仍然是與之前一樣，確實沒有看錯。

周宣呵呵一笑，說道：「吳老，你那碗確實沒看錯，碗只是清代的土窯仿官窯燒製的，

不值錢，我指的是……」說著，指了一下那塊黃布。

老吳一怔，周宣八萬錢買回來的其實是這東西？

在做生意時，老吳一向很精明，眼光犀利，很多古董被拿來賣的時候，古董不值錢，但裝古董的箱子或者其他東西卻是真正值錢的東西，這樣的事，老吳已經是遇到很多回了，所以一向很注意這些事。

剛才那青年把包打開，取出黃布包，老吳就注意到了，黃布是鄉下的普通黃織布，沒什麼奇怪，可周宣說這黃布有問題，那是什麼原因？

老吳呆了呆，趕緊把黃布拿到手中來，黃布橫有一米許，寬卻只有四十釐米的樣子，看布質十分普通，邊上的織頭緊密，這樣的一塊黃布，又哪裡出奇了？

老吳看了半晌，看不出所以然來，這不過是一塊普通的織布，一點也不出奇。

老吳沉吟了半晌，把布輕輕放在了桌上，然後問道：

「小周，我實在是眼拙，看不出來這布有什麼出奇的地方，這布邊沿織頭緊密，厚度也不高，也沒有夾層，到底有什麼奇怪，你也別賣關子了，就給我直說了吧。」

周宣嘿嘿一笑，然後拿了一把剪刀過來，對著那土黃布的織邊二三分處剪了下去，剪出頭後，才又把土黃布遞給老吳，笑道：「再看看。」

老吳呆了呆，趕緊把布拿到手，沿著周宣剪過的地方仔細看了起來，這一看，還真看出了名堂，周宣剪過的地方，織口上看得出，布雖然不厚，卻是上下兩層極薄的黃布黏起來的。

老吳當即把兩層接頭處慢慢分開來，這兩層布顯然用膠水黏起來的，緊貼起來就像一層布一般，從外邊摸捏還真看不出來。

把兩層布輕輕撕開，只撕了三四分，中間忽然現出一片黃色的布來，布兩邊的表面是用超薄的薄膜覆蓋著，以免沾到膠弄髒弄壞。

老吳一見中間露出的黃布時，心裏一緊，這黃布可就不是普通的黃布了，而是錦緞黃，這在古代可是禁物，只允許官家，也就是皇帝一家使用，尋常人或者富紳都是不敢用的，因爲錦緞黃是皇帝一個人才能穿的，是爲龍袍。

不過，這布層裏夾著的，顯然不可能是龍袍，因爲大小肯定不合，但有另一樣東西卻是可以容得下，那就是「聖旨」。

聖旨是舊時期封建社會皇帝下的命令或者言論，是古代帝王權力的象徵。根據下達詔書的對象，也就是官員的級別高低不同，聖旨也不同：通常一品官員是用玉爲軸，二品官員是用黑犀牛角爲軸，三品是貼金軸，四品五品用黑牛角做軸。聖旨所用的布料也不同，是用上好的蠶絲製成的綾錦織緞，聖旨上一般又繡有不同的圖案，多數爲祥雲瑞鶴，聖旨的圖案越豐富，表明被封贈的官員級別也越高。

老吳一見到露出的一小段黃錦時，已經是吃了一驚。

古代帝王的聖旨他自然是見過不少，不過大多是普通官員的封贈，超品大員的聖旨見得並不多，而這幅錦緞上，從近乎透明的薄膜中，可以看到隸書字體和錦緞上的濃郁花紋圖案，哪怕只見到這麼一點角落，但老吳的手已經顫抖起來。

這花紋的豐富程度幾可說明，這聖旨是給超級一品大員的。

雖然老吳還沒有驗證真假，但中間露出來的錦緞已讓他激動不已，這錦緞絕沒有假，而且從這種隱藏的手法來說，這聖旨有九成九是真的，否則哪會隱藏得這麼深？

只是，讓他這樣的老手都無法看得出的東西，真不知道周宣是如何知道的？

老吳此時無暇去細想周宣是如何發覺這個東西的，而是小心謹慎地把黃布慢慢分開，直到把黃布全部分開後，中間的錦緞就完全的顯露出來，哪怕隔了一層薄膜，那燦爛的錦黃色也十分耀眼。

老吳再慢慢把薄膜剝下來，這個工夫花了近半小時，半小時後，一幅完整的隸書聖旨錦緞就躺在了桌子上。

周宣認得一大部分，字體是工整的隸書形式，一部分是跟現在的簡體字一樣，一部分是繁體字，有一部分繁體字是認得的，又有一部分繁體字不認得，但最開頭的如：「奉天承運，皇帝詔曰……」等等是認得的，又如後面中間部位的「鰲拜」等字樣也是認得的。

但看到「鰲拜」兩個字時，周宣倒是詫異了起來，這個人是大大有名的，印象尤其深，那主要是得自於自己少年時代看過的金庸的《鹿鼎記》一書，這是康熙少年時期的一個權傾朝野的重臣，周宣對歷史並不熟，也瞭解得不多，對歷史的主要印象便是從小說中得到的。

但小說畢竟是虛構的。周宣也明白，比如說韋小寶其人便是虛構的，其中大部分關於歷史的情節，也是半真半假。周宣一開始探測時，得知是一幅聖旨，但卻沒有細探上面的字，確實也沒想到是康熙賜予鰲拜的聖旨。

「這是給鰲拜的聖旨嗎？」周宣詫異地說道。

當時探測到是一幅聖旨時，周宣就想到，無論如何，就是對四五品官員的聖旨，那也不止八萬的價值，這個價錢，又是那個「陳遠雷」自己開出來的，周宣要他自己出價就是這個意思，只要他有那個膽量，開出八百萬，自己也會給他，可惜陳遠雷沒有那個膽量。

老吳此刻成了徹底的觀眾了，一個人拿了放大鏡仔細地瞧起聖旨上的花紋和印記來，越看臉上興奮的表情越濃郁。

周宣不知道這東西的真正價值，有發言權和經驗的，就是老吳了，所以在等著他的最後發話。

老吳看完後，放下了放大鏡，嘆道：

「小周老闆，你的運氣實在沒得說，這是超級好的東西，不過不完整。」

周宣詫道：「怎麼不完整？這聖旨後面不是有皇帝的印鑑嗎？應該是完整的啊。」

「呵呵，我說的不是聖旨的內容不完整，我說的是……」老吳笑了笑，指著聖旨邊沿說道：「我說的是這個，聖旨不只是這一緞黃錦，邊上還有軸，最好的是玉軸，次一級的是犀牛黑角，然後是三品官員的貼金軸，四五品官員及其他都是用黑牛角做軸，而這一幅聖旨的軸應該是最高級別的玉軸。

鰲拜在還沒有被抄家定罪的時候，身分可是超一品大員，皇帝給的賜賞自然也是最高級別的，當鰲拜定罪下獄之後，康熙將他的全副身家都收歸國庫了，聖旨之類的也都收繳銷毀了，這一幅聖旨倒是不知道怎麼流傳下來，但這份收藏的手法倒的確是高超，讓我都蒙了眼。」

第九十二章

大清聖旨

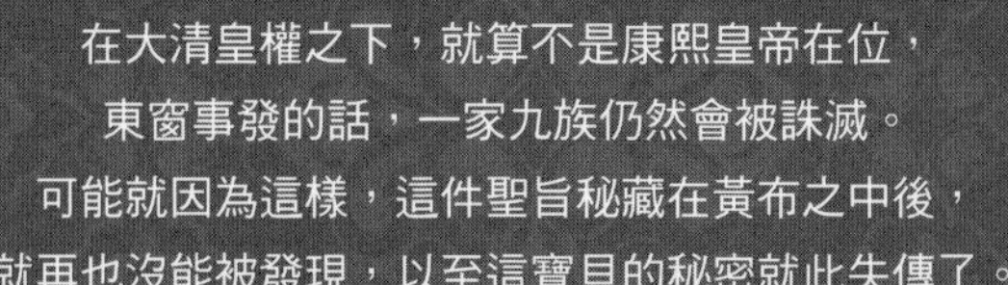

在大清皇權之下，就算不是康熙皇帝在位，
東窗事發的話，一家九族仍然會被誅滅。
可能就因為這樣，這件聖旨秘藏在黃布之中後，
就再也沒能被發現，以至這寶貝的秘密就此失傳了。

老吳一邊說一邊嘆息，這幅聖旨的邊軸是上好的玉做的，要是能保留下來的話，那就是價值驚人的東西，不過，僅就現在的聖旨來說，依然是價值連城的，只是有些令人惋惜罷了。

「確實是有些可惜。不過就此物本身來說，我只能說，小周，你的運氣簡直就是好得無法形容了。」老吳嘆了嘆又說道，「以前我是這樣想的，但現在我倒是明白了一件事，呵呵，小周啊，一件兩件同樣的事可以說是運氣，但是所有的事都一樣，那就只能說明一件事了。」

老吳盯著周宣只是搖頭，然後說著：

「那只能說明，你的眼光經驗已經遠超過所謂的專家。就比如我吧，這黃布的秘密，我的確沒能看出半點，卻瞞不過小周你，從這一點就能說明，你的經驗和眼光不是我能望及項背的。」

周宣一愣，當即嘿嘿一笑，然後訕訕地遮掩過去。老吳如此說，他也沒有什麼好解釋的，只能裝聾作啞混過去，反正老吳只以爲他是個深藏不露的鑑別高手，壓根也沒有想到異能什麼的。

傅盈當然是明白的，說到這個，她也就沒有多大的興趣了，在周宣的異能下，又有什麼不被他知道的？

不過，周宣的老爸周蒼松不知道。他這一年來，認定了大兒子肯定是跟著高人學過這方面的知識，而且學得極為到家，否則是絕不可能掙到這萬貫家產。老吳這樣說，他除了心裏自豪，就再沒有別的念頭了。

老吳嘆道：「小周啊，以前我到你這兒，是覺得你為人不錯，這是一點；又覺得你運氣很好，可以看到很多鮮為人見的奇珍異寶，可從沒想到過，你這方面的根底知識遠勝於我，到現在我才明白。呵呵，難堪啊難堪，嘿嘿嘿……」

老吳笑著，然後盯著周宣又說道：「你不會嫌棄我這個糟老頭吧？」

「哪裡哪裡……我怎麼會啊……」周宣呵呵笑著，直是道：「其實是我怎麼敢啊，別人求都求不來的。」

老吳其實也了解周宣的心意，說笑了一陣，也就不談這個事了。

在周宣這兒工作，他覺得是無比的舒暢，周宣從沒有限制過他什麼，從不把他當成下人看待，這也是老吳願意留下來的原因。當初還只是看在了魏海洪面子上，本意是要做一段時間看看再說，不過做到現在，他完全被周宣的個人魅力折服了，其他的條件理由，倒是無所謂了。

周蒼松知道兒子今天又撿到一份價值不菲的東西，但到底值多少錢，他也不知道，兒子

扔了八萬塊出去，想來這聖旨應該是比八萬塊要有價值吧？

周勁松倒不是想掙錢，只是出於好奇。反正兒子的兩間公司每個月掙到的利潤都過億了，夠他們周家一家大小生活幾輩子，周蒼松感到激動的就是，自己還有點用處，能替兒子守著這份家業。

「老吳啊，這聖旨……值多少錢？」周蒼松盯著桌上的聖旨直是看著，沉吟著問道，「應該是不止八萬塊吧？」

在周蒼松心裏，皇帝離他太遠了，遠得似乎只是想像中的物事，所以聖旨的價值對他來說也是虛無縹緲的，到底值多少，他也沒有個概念。但是兒子剛剛撒出去八萬塊，而老吳似乎也沒有表露出不值八萬塊錢的表情來，所以，周蒼松覺得自己是不會虧錢的。

老吳啞然一笑，要是別人說這個話，他還會嘲諷一下，但周蒼松是個沒什麼文化的鄉下老實人，而且又是周宣的父親，所以對周蒼松的話，他只是笑了笑，然後便說了起來。

「老周，呵呵，八萬塊，對這幅聖旨來講，只是九牛一毛罷了。這是康熙皇帝對當時朝中紅極一時，連他自己都忌憚三分的鰲拜的一種壓制。當時康熙尙是少年人，他父親順治暴斃後繼位的，朝中有三位輔佐大臣，這個鰲拜便是居於首位，只是自古以來，凡是輔佐遺孤成長的大臣，絕大多數都沒有好下場，那都是因爲身居高位，壓制帝威，雖然沒有謀反之意，但居功自傲，以爲治國的功勞他一人占了九成，這其實是最犯大忌的事，爲人不看清自己的位置，那是會讓家族都滅亡的。」

老吳一邊說著這鰲拜的來歷，一邊喝著茶潤口。

「這鰲拜便是居功自傲，更是權傾朝野，當時來說，康熙自己說了的話，還不一定有鰲拜說的話管用。在朝政上，康熙說了話後，其他大臣不會馬上附和，而是拿眼盯著鰲拜，等鰲拜發了話後才會贊同。

嘿嘿，以康熙那等雄心手段的帝王，又如何能忍，鰲拜的功勞再大，也讓康熙有了殺意。不過，康熙雖然有了殺心，但賞賜和封贈卻是越發的好，我們得到的這道聖旨，就是在鰲拜被殺之前的最後幾次封贈中的一道。」

老吳雖然沒有說出這道聖旨的價值，但周蒼松倒是聽得津津有味，也沒有出聲再詢問，老吳雖然沒有直接把價值說出來，但他現在說的，無疑也是在說這聖旨的價值超乎一般。

「這道聖旨在當時來說，康熙抄家後就會銷毀，這想必是當年負責銷毀的官差偷偷藏下來的一幅。不過這樣的事在當時來講，如果被發現了，就是誅滅九族的重罪，所以偷這幅聖旨的人也是無比的害怕，於是把聖旨拆開來收藏起來，甚至對子孫家人都不敢說。

康熙當時尚是少年，在位六十一年，是歷代帝王在位時間最長的皇帝之一，估計偷這幅聖旨的官差還沒有康熙皇帝活得長呢。再說了，就算他沒死，康熙之後是雍正皇帝，雍正之後是乾隆，這都是勵精圖治，在位有爲的皇帝，而且是大清最繁華的時代，即便是那偷聖旨

的官差活得夠長，同樣也不敢把這事透露半分。

在大清皇權之下，就算不是康熙皇帝在位，東窗事發的話，一家九族仍然會被誅滅。可能就因爲這樣，這件聖旨秘藏在黃布之中後就再也沒能被發現，那官員到死之時可能也沒敢對子孫說出來，以至這寶貝的秘密就此失傳了，當然，也有可能是這陳遠雷的長輩沒能告訴他而已。」

「這聖旨分開拆散過後，那玉軸估計也被這家人的祖先藏得嚴嚴實實的，未被發現。這聖旨啊，老周，要說實際的價值，我也沒有一個準數，如果拿到香港的幾家大拍賣公司來運作的話，拿他們拍賣的同類文物來折算這聖旨的價值，我估計應該是兩到五億之間。」

「兩到五……億？」

周蒼松呆了一下，確實嚇到了，之前周宣賺到錢，那都不是他親眼所見，但今天的事卻是他親眼目睹了的，就這麼一塊布，就可以値幾億的現金？幾億是多少？想必堆起來也像小山一般吧？

周宣倒無所謂，自一開始他便知道自己買下的這東西的價值，肯定是遠超過八萬塊的，所以陳遠雷自己一開出八萬的價錢，周宣也毫不還價地便答應了。

周宣雖說對金錢沒有什麼追求和刺激感，但這幅聖旨能値這麼多錢，還是有幾分撿漏的喜悅，對玩古玩古董的人來說，利潤是一個原因，更重要的一個原因，卻是「玩」古董的這一個過程，撿漏成功，便像是一個學子得到的一份實在的獎學金，或者學位證書一般，是一份榮耀，是光彩，同樣也是名聲。

譬如老吳，他現在的地位名聲同樣就是來自於他多年撿漏或者是鑑定而積攢下來的底子，越積越厚，到現在，即便他說一件贗品是真品，那贗品也值大價錢，但如果他說一件真品是贗品，同樣的，那真品便一文不值，這便是他的權威。

古玩這一行，講究的就是一個過程，玩的就是一個刺激。

周宣笑了笑，對老吳說道：「這聖旨，美中不足缺了玉軸，不過，這世上的事總是難有十全十美，缺就缺吧，做生意自然是不能盡善盡美，吳老，把這聖旨處理了吧，把利潤的百分之二十提出來，給店裏所有人都發一筆獎金，算是我給大家的新婚禮物吧。」

老吳笑了笑，周宣就是這點好，從不把金錢看在眼裏，有錢大家賺，就是在他店裏的最下等的夥計，一年的收入也超過一些職業經理人。雖然定的薪水不高，跟其他店的區別不大，但周宣每次生意成交後的獎金都十分豐厚，遠超薪水。

店裏如今發展到七名夥計，每個夥計一年的收入就達到一百萬之多，想想看，哪個店的學徒夥計能拿到這麼多錢？一年能有個三五萬已經算是很高的了，所以，周宣這個店只要一招人，就比招空姐還壯觀。而進來的夥計也都盡心盡力，做自己該做的，根本就沒想過要自

己創業離開，或者是想升職之類的。

在這個店中，不用想超過張健和老吳，要做下去，就只能做一個夥計而已，但這個夥計卻是可以穩穩當當，安安全全，什麼也不用操心的賺大錢。

要是自己創業開公司，一切都極爲麻煩，而且想要一年賺百萬上下，那簡直是做夢，不如當個夥計來得舒心暢快。活兒不多又不累，不用承擔大責任，得到的報酬又超乎想像，就是別的公司請他們去做經理做老闆，他們也是不會去的，自己有幾斤幾兩很清楚。

老吳笑了笑，問道：「小周，你這個老闆會把我們所有人寵壞的，呵呵，在店裏也悶，新婚之際，找個地方去玩玩吧，跟我們這些老頭有什麼好聊的？」

周宣看了看傅盈，來城裏很久了，對城裏的名勝古蹟卻是很少瞭解，去玩的次數更是一次都沒有，估計還不如傅盈瞭解得多。

「盈盈，你想到哪裡去玩？要不，我們去游泳吧？」

周宣看到傅盈鼻尖微微冒了些細小的汗珠子。現在是五月底，快入六月了，但城裏的熱度卻超過了去年同時，到達了三十六七度，城裏的遊樂園最近可是生意火爆，大人小孩都愛到遊樂園的泳池戲水消暑。

要是只有周宣一個人在場，傅盈自然要反駁他一下，她氣還沒消呢，不過有老吳和周蒼松這個公公在場，周宣的面子還是不能失。

傅盈是很看重這個的。私下裏可以對周宣發火、撒嬌任性，但有外人在場時，傅盈從來不丟周宣的面子，男人嘛，最重視的便是在外人面前有面子。

「行是行，不過游泳池太多人了，不如找個地方釣魚吧，又幽靜又沒人吵，也很涼快。」傅盈想了想回答道。

周宣怔了怔，釣魚的事他可是從來沒幹過，在海上和陰河裏倒是曾經多次抓魚，以他的異能來講，抓魚是輕而易舉，釣魚太費時了。

老吳卻忍不住「撲哧」一聲笑了出來，說道：「盈盈，你一個漂漂亮亮的女孩子，怎麼像個老古董一般地想去釣魚？這可是老頭子們才幹的事！」

老吳自然只是這樣一說，其實釣魚並不是只是老頭子才幹的事，現在釣魚的人，年輕的也很多。釣魚講究的是平心靜氣，要沉得住氣，所以很多人喜歡釣魚，因爲釣魚時可以靜下心來想事情，整理一下繁雜的思路，想得越清楚，也就越能讓自己官路安全，升遷也能升得快些。

在釣魚的人群中，女人卻是極爲鮮有的，更別說像傅盈這樣極漂亮的女孩子了，所以，傅盈一說出要釣魚的話來，老吳就覺得好笑。

傅盈當然不是喜歡釣魚，而是想在釣魚的地方跟周宣單獨相處。大凡釣魚的地方都是依山傍水，環境幽靜秀麗的，能讓煩惱的心情放鬆一下也是好事，總比到城裏那些人擠人的旅

遊景點去逛要好得多。

周宣怔了怔後，隨即道：「好好好，你想去哪裡我就跟你去哪裡，反正我也是個甩手老闆，店裏的事，我可是從來都不管的。」

不過，周宣想了想馬上就又說道：「可是這釣魚的地方，我又沒去過，你說咱要到哪兒去呢？」

老吳也愣了一下，他雖然算是個半老頭，但對釣魚卻並不熱衷，所以對釣魚的地方也不熟悉，周蒼松就不用講了。

周宣見傅盈並沒有露出不高興的神色，心想：傅盈難得開一次口，況且這也不是什麼大難題，無論如何也應該滿足她一下。要說對城裏各地瞭解熟悉的話，大概沒有一個人會超過李為吧？周宣想也不想，立即便掏出手機給李為撥了個電話。

「大哥，快解救我吧，小瑩讓我學會計財務，這阿拉伯數字在我面前一堆，我就覺得像幾百隻小雞在啄我一樣，大哥啊，也只有你才能救得了我啊，除了你，小瑩可是誰的話都不聽的！」

電話一通，周宣還沒說話，那邊李為便像遇到救星一樣，劈嚦啪啦地一陣說了出來。周宣幾乎懷疑這電話是李為打過來的了。

「別說那麼多廢話了，別說周瑩怨你，就是你老子你爺爺也看不下去，好歹也別給你們李家丟臉吧。別的話少說，我有事找你！」

李爲見周宣不幫他，氣焰頓時萎了。這段時間，他被周瑩逼著老實地上班做事，先還耐著性子，但時間一長，把他給憋得難受得不行。他本性就是個懶散不願做事的人，又哪裡能老實待著？

「唉，大哥，你說我還有臉可丟嗎？李家的臉早被我丟光了，現在丟的可是周家的臉！」李爲見周宣不幫他說話，悻悻地把話頭轉到周宣頭上了。

周宣又是好氣又是好笑地說道：「你丟你的臉，關我們周家什麼事？」

「怎麼不關周家的事？我是你妹夫，在公司裏或者是在外面，誰都知道我是你周宣的妹夫，周瑩的丈夫，你說，我成天都被一個女人看得死死的，只差沒上廁所也放個監視器了，我這還有什麼活頭啊我？」

李爲這一番訴苦的話，讓周宣惱道：「你嫌我妹妹管得不應該是不？瞧你那沒出息的樣子，好啦，我讓周瑩自己說，這事管得應不應該！」

李爲一聽周宣要告訴周瑩，馬上就軟了下來，趕緊說道：

「別別別，我的哥哥啊，我這不發發牢騷說說閒話嘛，你又當真了，好好好……對了，你剛剛不是說有事找我嗎？什麼事啊？」

這時候，李爲倒是想起了周宣找他有事的話來。

周宣哼了哼，這才說道：「瞧你這傢伙，現在想起來了？我問你，城裏哪裡有釣魚的好地方？你嫂子想釣魚，我想陪她去玩玩，你給介紹個好地方吧。」

「要釣魚啊？」

李爲在電話裏聲音就大了起來，周宣幾乎可以想像到，李爲把腳都放到桌子上的畫面了，「那你可算是問對人了，我爺爺是老釣客了，他去的地方都是我帶他去的。還有啊，地方我就不說了，釣魚的漁具、魚竿、漁網、漁餌等等，可是一樣不能少的，少一樣，魚就釣不成了！」

「廢話少說，趕緊說哪個地方好？」周宣見李爲囉嗦起來，趕緊催促著，這傢伙一說一大堆事，肯定是有別的居心了。

果然不出周宣所料，李爲馬上就說道：

「宣哥，這些東西是一樣不能少的，否則，你即使到了釣魚的地方，魚也是釣不成的。你跟周瑩說一聲，幫我請個假，我馬上幫你把所有的東西都準備好送過來，這要是沒我親自辦，那可是辦不好的。」

周宣惱道：「你說不說？」

李爲仍是不改口：「你要是不幫我請假，我就不說，打死也不說。」

周宣真是哭笑不得，這傢伙，真是一個死豬不怕開水燙的主兒，一下還跟他橫起來，倒是也沒辦法整他。

不過，回過頭想一想，也覺得讓他放鬆一下也好，現在的李爲可以說是跟以前的懶散和玩世不恭劃了個句號，這幾個月來，既不跟以前的損友們吃喝玩樂，也不出去閒逛做壞事了，就老老實實上班，吃喝住行都在周家，也確實是悶壞了他。

李爲的逼迫威脅讓周宣哭笑不得，佯怒道：「你這混蛋，今天就便宜你了，限你十分鐘內把東西送到古玩店這邊來。」

李爲頓時大喜，趕緊道：「好好好，我的好大哥，我的親大哥，我馬上就來，馬上就到！」然後又道：「不過，你得跟小瑩說一聲……小瑩小瑩……大哥找你……」

在電話裏，周宣便聽到李爲大聲叫周瑩過來，心想：這傢伙還真是滴水不漏。

周瑩疑惑地接過電話問道：「哥，是你嗎？」

周宣忍住了笑意，說道：「妹，我找李爲有事，今天借用一天。」

周瑩「嗯」了一聲，然後回答道：「哥要他做事是應該的，我就是不喜歡他跟他那幫狐朋狗友出去惹是生非。他爸和他爺爺可是交代了，讓我盯著他，不聽話就告訴他們，哥要他做事那還有什麼說的，我讓他馬上過來。」

周宣微笑著準備掛上電話，卻聽見李爲在那邊又大聲說道：

「等等，等等，大哥，十分鐘……十分鐘有難度，要準備好工具，最少得半個小時，半個小時好不好？」

周宣笑罵道：「別廢話了，快點！」

李爲頓時歡天喜地的掛了電話。

周宣瞧了瞧傅盈，又對老吳和周蒼松說道：「再坐一會兒吧，李爲還要半小時才到，先坐坐再說，天熱，開車出去也沒個去處，等李爲過來，直接到目的地最好。」

李爲的速度還真是不差，周宣幾個人一壺熱茶還沒喝完，看牆上的時鐘還只到二十六分鐘，李爲便到了，只是周宣驚訝的是，跟李爲一起的，竟然還有李爲的爺爺老李。

這老頭一身輕便的釣魚服，消除了不少臉上那種生殺霸氣的感覺。

他跟著李爲到店中，見到周宣幾個人便笑呵呵地道：

「小周，聽李爲說你要釣魚，那可是我的拿手好戲，我不來陪陪你說不過去，呵呵，走吧，東西都準備好了，工具是一級棒的，不過……」

他說著，又笑道：「呵呵，工具雖然是一級棒的，但釣魚的技術可是有差別，俗話說得好，這漁竿是死的，魚是活的，釣不釣得到魚，能釣到多大的魚，這就得看技術了。」

老李一說到釣魚，臉上儘是得意的神情，李爲笑呵呵地在一旁不作聲。

李爲自己對於釣魚並不愛好，但一直爲爺爺服務，從小就隨老李到處釣魚，所以對釣魚其實很熟悉，對所需工具也極爲瞭解，只是對釣魚技術瞭解不多，要他坐著安靜地釣魚，其實是一種受罪。

不過，李爲跟周宣出去釣魚，他只要把爺爺推給周宣作伴，周宣自然就叫不到他了，他可就悠然自得了。

周宣對李爲把他爺爺叫過來並不生氣，笑笑道：

「爺爺，我和盈盈都不會釣魚，這次也算是大姑娘上花轎頭一遭，講技術，肯定是不及老爺子您了，就跟您學學吧！」

周宣稱呼老李爲爺爺，那是隨著李爲的稱呼，老李自然高興，又說道：「我這個老古董來陪你們兩個年輕人，不會嫌我悶吧？」

「老爺子，瞧您說的，我喜歡您老人家！」傅盈笑吟吟地道，「我在家也常陪我爺爺和祖祖，打小以來就跟父母很少聚在一起，所以我很喜歡老人家。」

老李笑呵呵地道：「小姑娘嘴真甜，長得也漂亮，嗯，不錯不錯，那就走吧！」

去的時候，周宣索性就不開車了。李爲的車完全夠坐，周宣和老李坐後排，傅盈坐了副駕駛座，由李爲開車。

從古玩店出來後直上公路往北，李爲要帶周宣和傅盈去的地方，是水庫下游一里外的地方。那一帶有幾個超大的魚塘，依山傍水，風景秀麗，是城裏老釣客最喜歡的地方。

天氣熱的時候，魚塘這一帶卻是涼風習習，一點兒也不會覺得熱。而且，在釣魚區域，魚塘老闆又建有遮陽隔雨的涼篷，釣魚的位置座位都十分舒適，可躺可臥可坐，很是合心意。

當然，這麼好的地方，釣魚的費用也不便宜。一般普通的地方，一位釣客的費用是五十元起，而這裏是兩百起跳，釣起來的魚還得以市價算，有些釣魚高手，一天下來釣個幾十斤魚是很正常的，二十元一斤，魚錢又是幾百塊，所以說，這裏的消費水準絕不低。

但來這兒的客人卻從沒少過。對普通人來說，要是一星期來個兩到三次，一個月十次左右，消費大約會是三千以上，這可是一個普通家庭半個月甚至是一個月左右的生活費，所以一般的普通人是消費不起的，來的都是經濟狀況比較好，或者是政府官員之類的人。

李爲一到，停好車後，先是幫著背了漁具到魚塘邊。魚塘後邊是小山，沿著涼篷釣魚座過去全是枝葉繁茂的樹木，魚塘的水十分清綠，山水倒映，風景極是秀麗。

李爲把位置選好，交了錢拿了號碼，然後過來陪著三個人到魚塘邊。三個極大的魚塘，占地至少有數百畝，讓魚塘看起來已經不像魚塘，倒像是一個湖泊了，一長排的釣魚座至少有過千的樣子，卻大多數都有人坐，看來生意不錯。

到了釣魚的位置處，李為一共訂了三個位子，老李、周宣和傅盈三個人，他自己不釣，卻不厭其煩地對周宣和傅盈兩個人介紹釣魚的方法，又介紹著如何使用漁具，傅盈很感興趣，但對作誘餌的蟲子有些害怕。

女孩子都是這樣，再強勢的女孩子，總是有女性柔弱的一面，傅盈身手好，性子直，外柔內剛，但對於老鼠、毛毛蟲之類的東西卻極為害怕。

周宣笑呵呵地幫她將小蟲穿在魚鉤上，然後，傅盈自己調整著浮漂，最後甩魚竿下湖。

周宣幾乎也在同時做好了這些動作，雖然不是很熟練，但他對釣魚的步驟倒不是一竅不通。

與他們兩個相比起來，老釣客的老李卻是慢吞吞地弄著漁具漁餌，並沒像周宣他們那麼急急地把魚竿甩出去，而是在座位邊整弄他的餌盒，弄了一陣，又撒了一點漁餌到湖裏。

傅盈詫道：「老爺子，您把漁餌白撒進水裏，那不是白白餵飽了魚兒？還怎麼釣上來啊？」

老李笑呵呵地道：「這你就不知道了，呵呵，你等著看吧，我撒這些漁餌可不是白餵牠們，我在這些餌裏稍稍加了一點香料，魚的嗅覺是很靈敏的，相對來說，牠們的視力要差一些，我這誘餌能讓魚聞到香味聚集過來。雖然這漁餌只能讓極少數的魚吃到，但香味卻會凝聚在這一帶的水中，所以魚一般會在這兒逗留。」

「哦，原來是這樣。」傅盈點點頭，然後瞧著自己的魚漂。

每個釣魚座位的間隔大約是三米左右，隔得太遠，座位就少，那樣是會影響生意的，但是座位隔得太近也不行，太近釣線很容易碰絞在一起，所以座位必須要不遠不近，剛剛好才行。

周宣純粹是陪傅盈散心的，異能探測著魚塘裏面，魚塘的水深大約有兩米，中間的地方更深一點，不過都不超過三米。

魚塘裏的魚不少，不過真要釣的話，卻也不是很容易。但凡釣魚久的人都知道，經常釣魚的地方，魚都是被釣慣了的，很不容易上鉤，這就跟人一樣，沒吃過虧的時候，很容易吃虧，但吃過一次兩次或者三次以後，就不容易再吃虧上當了。

即使是沒有思想能力的魚類，也同樣會有這樣的警覺。

三個人的位置，依次是老李、周宣、傅盈。傅盈的隔鄰是一個四十多歲的中年男子，看樣子很威嚴，有點眼光長在額頭上的感覺。

周宣猜測，這個人可能是個做官的。職位可能不小也不大，太小沒有那樣的氣勢，太大的，卻又不會那般霸氣外露，俗話說，滿桶水不響，半桶水響叮噹。

瞧瞧老李就能明白，老李是何等身分？即使退休了，但要跺一跺腳，照樣也能有響動的，但現在坐在魚塘邊，戴著一頂遮陽帽，跟個普通老頭沒什麼兩樣。

那中年男子身邊還有一個陪同的人，漁具擺在面前像是裝飾用的，魚鉤扔在水裏，魚漂給魚拉得直往水裏去，但他卻好像沒看到一樣，眼睛諂媚地直盯著那中年男子。

那中年男子的眼光在周宣和老李身上一掃，便即掠了開去，沒有半分注意，但是眼光在傅盈身上時，卻是停留了好一陣，顯然，傅盈的美貌讓他有些發呆。

本來傅盈的容貌已經是美麗到不可方物的地步，更讓人詫異的是，在這種釣魚的地方，平時很少有女孩子來，就算有跟著男人一起來的，但像傅盈這般美麗的，卻是一個也沒有，可以說從來也沒有過。

幸好李爲這一陣到處溜達去了，要是他在的話，只怕會忍不住上前把那中年男子的漁竿都踢了，他最不能忍受的，就是別人對他親人中的女性不禮貌了。

不過，周宣和傅盈自己卻是豁達多了。美的東西嘛，始終是有人看的，愛美之心，人皆有之，再說人家就只是看看，又沒有說話動手調戲，所以周宣並沒有動怒，現在的他，已經遠不是一年前的自己了。

要換到一年前，周宣說不定馬上就會動手整治這個中年男子，不過，現在的他心性沉穩，況且身邊還有一個老李呢，人家這麼一個指揮千軍萬馬的大將軍都沒動聲色，他又有什麼忍不住的？

第九十三章

逆　鱗

周宣一聽，心頭一緊，火焰立刻冒了起來。
他這人向來外剛內柔，不喜惹事，一般人嘲弄欺負一下無所謂，
但他的親人就是他的逆鱗了，如果是誰觸動到這個逆鱗，
那周宣是拼了命也會跟這人鬥個你死我活的。

那中年男子確實是被傅盈的美色所誘惑，雖然收回了目光，但時不時地還是探眼盯著傅盈，盡情地瞧著傅盈那動人心魄的美麗。

周宣耳力非凡，聽到那中年男子身邊那個諂媚男子低聲說道：

「林局長，令公子到了，現在是不是到飯局時間了……老陳說已經準備好了……」

周宣心想，這傢伙還真是一個當官的，不知道是個什麼局長，瞧人的眼光便是一雙眼睛長在額頭上的模樣，不知是不是公安局長？要是的話，還可以問一下傅遠山，要是他的手下，一定給這傢伙穿一穿小鞋。

這個人穿著一身便服，身上也沒有什麼可以證明的證件，周宣探測了一陣也就沒再理他，只要不是很過分，隨得他去吧。

被稱爲林局長的人隨口答道：「讓他們多等一會兒吧。」

這一句「讓他們多等一會兒吧」顯得威風無比，那個跑腿男子當即低聲笑道：

「好好好，我就說局長正在釣魚，讓他們多等一下。」

這拍馬屁的跑腿男子很有經驗，話說得讓林局極爲滿意。

周宣聽到那林局長話說得極是威嚴無比，彷彿他就是一個皇帝一般，肯定的是，周宣相信這個林局長無論如何也不會有老李這樣的身分來歷。說實在的，如果真是身分了得的那種人，他又怎麼會不認得老李？

顯然，這個林局長的層級沒有那麼高，撐破天也就只是個廳級的高度而已，別說老李了，就是周宣也覺得入不了眼，如果是警政系統的人，正好讓傅遠山動動手，清理一下害蟲。

以他剛才這種態度和表情，周宣可以相信，這樣的人，即使清廉也清不到哪兒去，隨便一點什麼誘惑便下了水，根本不可能控制住自己的欲望之心，如果是真正的清官，肯定就不會是這種語氣了。

不過，周宣還是沒有打算出手，依舊釣著他的魚，關注著魚有沒有上鉤。

周宣的異能雖然厲害，但異能再厲害，卻也不能讓魚兒咬他的鉤，除非他跳進魚塘中去抓魚，用異能抓魚，那結果自然遠比釣魚有用得多。

遠遠的，周宣就察覺到一個油頭粉面的年輕男子表情囂張地往這邊走過來，大約二十三四歲的樣子，一邊吹著口哨，一邊四下裏張望著，右手指在空中晃蕩著一個鑰匙圈，圈上掛著一把法拉利跑車標誌的鑰匙。

那年輕男子東張西望地，沒有別的表情，瞧他的模樣，與那林局長比較起來，還真有些相像，就是神色也有七成相似。難怪說龍生龍，鳳生鳳，老鼠生的兒子會打洞，瞧這父子的相似度，從哪一方面都學到了七八成。

那年輕男子走近後，一眼瞄到傅盈時，口哨一下子停了下來，步子也明顯一滯，沒料到在釣魚的地方還出現了一個這種級別的美女，讓他很是吃驚。而這位美女，居然就坐在他老爸的身側。這讓他幾乎有了一種錯覺，會不會是老爸的小蜜？

他之所以會有這樣的想法，是因爲他知道他老子在外面有很多情人，還曾經被他老媽逮到過，雖說沒有鬧出去讓外人知道，但對他們自己家裏人來說，卻是公開的秘密，他老媽由此也把他老爸管得更緊了些。

老爸的小蜜比他老娘肯定是漂亮得無法相比了，那年輕人見到過其中一個，女子年紀跟他差不多，要身材有身材，要臉蛋有臉蛋，他老媽一比，簡直就是慘不忍睹了。

這年輕人名叫林國棟，因爲他老子的關係，剛從一所名校畢業，當然，若是以他本身的實力，別說名校，就是野雞大學，他也考不進去。以他的程度，也就在國中水準而已，但國中的試題他都不一定做得出來。

他老子名叫林岳峰，是東城的財政局分局局長，地方上的實權人物。雖說城裏的大官多得很，但相對來說，還是難以見到超級大官，如李雷、魏海河、魏海峰等等，就更別說見到老李、魏老爺子那種人物了。

像林岳峰這樣的實權人物，在地方上經常露臉，縣官不如現管，可以說在基層中，林岳峰是威名赫赫啊。

一個一線城市的財政局長，掌管經濟大權的人，手裏掌握的現金，比一個銀行行長都要多得多，而且，體制中各單位的主管也都不敢輕視，否則卡你一下脖子，讓你年度預算拿點薪資都要跑個數十趟，那你就麻煩頭大了。

這在檯面上，隨便找個理由都能說得過去，上級都不好說事，哪個單位都需要錢，財政經濟緊張，在哪個地方都是家常便飯。

只是周宣自然不知道這號人物，他見到的都是李雷和魏海河、魏海峰這樣的大員，給老李和魏老爺子日常薰陶的有些清高，如果把他放到體制中的部級廳級官員中，周宣一定不會露出怯色。

而差一些的，差不多也是像傅遠山這樣的官員，級別也要比林岳峰高，只是不同體系。但說實在的，魏海河這個市委書記，城裏地頭的一號人物，若讓林岳峰看到的話，只怕就只有伏倒在地，不敢說話的份了。

要是林岳峰知道隔著他兩個位置的那個老頭子的真正身分，只怕會嚇得他尿褲子吧。

看到兒子傻愣愣地盯著傅盈，林岳峰哼了哼，這才沉聲問道：「國棟，你跑過來幹什麼？」

林國棟怔了怔，醒悟過來，當即道：「爸，遠和公司的陳總非要請我一起吃飯，還讓我

來請你過去，怕驚擾到你，陳總幾個人在外面等候呢。」

林岳峰哼了哼，這個陳總，倒是會用手段，把他兒子拉來做說客，給兒子放了幾筆生意，讓林國棟憑空賺了幾百萬。這就是變相的行賄。兒子畢業後成立了一家公司，他的能力，林岳峰又怎麼會不知道？

林國棟天生就是一個只會花錢而不會賺錢的公子哥，如今開了公司，掛個名，什麼事也沒做，一年下來就有上千萬的利潤，這其實都是林岳峰用權力替他換回來的。

「看來，這魚是釣不下去了。」林岳峰手一甩，把漁竿一扔，拍了拍手，然後起身。在兒子面前，他還能忍住衝動不去看傅盈的美麗，說道：「國棟，走吧，我有事跟你說。」

林國棟這時才發現，傅盈不是跟他老子一路的。因爲瞎子都能看得出來，傅盈一雙眼整顆心都放在她身邊的周宣身上。

林國棟很是妒忌周宣，長得不怎樣，看樣子也不是什麼有權有錢的人，怎麼會交上這麼個漂亮女朋友？

要不是她跟自己老子在一起，林國棟還真是會想方設法與傅盈搭訕。在他眼中，還沒有拿不下的女色，當然，他只是還沒遇到用金錢和權力都無法拿下的女孩子而已。

父子倆心裡都是一樣的想法。但林岳峰畢竟不想在兒子面前公然露出這樣的嘴臉，於是把兒子叫過去一起走了出去。

看到這幾個人走了，傅盈才哼了哼，對周宣說道：「要是以前，我不把他們踢到魚塘裏喝幾口水才怪呢。」

周宣淡淡一笑，雖然他沒做官，但修身養性的功夫也隨著異能的增加而變深了，要是這樣的事都要動怒動粗，那他就沒個寧靜日子了。

老李似乎沒看到一般，紋絲不動專注著他的釣竿。李爲這時在一旁的吊床上躺著乘涼，閉著眼睛見周公。要是他在場，這林家父子只怕又得吃個悶虧。

傅盈這時倒是很注意起自己的釣竿來，因爲她的釣竿水漂此時正在水面上跳動，顯然是有魚來食了。

傅盈神情緊張起來，一雙手抓緊了釣竿，只等那浮漂沉進水中稍深的時候，便大力扯杆抓魚，但那浮漂只是輕輕動著，彷彿是被鳥嘴輕啄一般。

瞧了瞧周宣和老李兩個人的漁竿，依舊沒有動靜，而老李還撒了餌食做了很多準備工作，此刻也沒有動靜，傅盈得意地笑道：

「李爺爺，周宣，我看這釣魚，講的是一個運氣，哪講什麼技術不技術的，李爺爺技術那麼好，魚兒不吃就是不吃，周宣……」

傅盈又瞧著周宣，笑吟吟地道：「你不是……哼哼，炫耀得很嗎，怎麼也釣不到魚了？」

老李呵呵一笑，說道：「那也不見得，不是說不到黃河心不甘嘛，此刻說勝負還早著呢。」

周宣笑笑道：「我哪裡又炫耀過了？」不過，見到傅盈難得露出的開心笑臉，周宣忽然覺得今天的釣魚之行很值得了，能讓盈盈這麼開心，就是天天這麼做，他也願意。

「啊喲，上鉤了。」傅盈忽然驚叫一聲，浮漂一下子沉進了水裏，急切間趕緊把漁竿猛地一拉，漁線繃緊，魚鉤部分彈躍出水面，一條二十來釐米長的小魚被釣出了水面，不過傅盈的線拉得過猛，竟然與周宣的漁線糾纏到了一起。

周宣啊喲一聲，兩人手忙腳亂起來，一起動手把漁線拖到岸上，好在那小魚還沒脫鉤，兩條漁竿的線雖然纏得跟亂麻一般，但那小魚在地上活蹦亂跳地直是彈。傅盈也高興得緊，這可是她平生第一次釣到了魚，開心如少女一般地歡躍，一邊抓著魚，一邊指揮周宣把漁線分開。

老李不為他們兩個人所動，仍舊沉靜地觀注著他的漁竿，對周宣和傅盈的舉動一點也不在意。等到周宣好不容易分開了漁竿的線後，老李手一沉，然後往上一撥。他撥魚竿的時候很有力道，但又有收縮性，並不像傅盈那樣揮杆，純粹是往天上掀。

老李揮杆後，魚鉤露出水面三尺便止住了力，這樣，漁線也不會飄動到別的釣者處糾纏混亂。此刻，魚鉤上掛著一條兩尺許長的大鯉魚，渾圓的大肚子顯然是一條母魚，腹肚上的鱗甲還有一些淡紅色。

這條魚至少有五六斤以上，把老李的漁竿都壓彎了，不過，老李的漁竿是高級漁竿，特殊質材做的，彈性極好，雖然看起來彎了，但能承受的重量是可以達到一百斤左右的，所以這條魚絕不可能把漁竿或者漁線拉斷的。

老李把漁竿提起之後，然後貼著水面用手搖著線輪收線，把魚拉到水面處與漁竿貼著後，這才緩緩地往岸邊拉。這個動作是有經驗的魚手都會做的。

以前沒有這麼好質材的漁線漁竿時，釣到大魚就得用這種方法，把魚拉到水面後，再輕緩地往岸邊拉，魚只要還在水中，就不會著急翻滾，等魚給拉到岸邊時，就可以用手用網子抓牠了，這樣就會安全很多，否則一開始就用猛力，那魚也會拚命跟你鬥，結果就極有可能導致漁線漁竿斷掉，魚兒跑掉。

老李把線拉至岸邊後，再用網子網住魚，然後提到岸上，這才來解鉤解線。

傅盈張圓了小嘴，瞧瞧自己的小魚，又瞧瞧老李的大魚，咬著唇不高興，剛剛才在老李面前得意洋洋的炫耀，這才沒有幾分鐘，老李便釣上了一條大魚，誰勝誰負，自然明瞭。

周宣知道傅盈是佯怒，其實心裏挺開心的，在一邊笑呵呵地又往魚鉤上裝餌，說道：

「再來再來，說不定等一下你釣到一條比李爺爺更大的魚呢！」

傅盈當然是不認輸的，把魚鉤遞到周宣面前，說道：「你幫我弄一個最大的餌蟲，我要釣最大的魚！」

周宣直是好笑，這釣多大的魚可不是魚餌的問題。再說，最大的魚也不是你想釣就能釣得到的，自己的異能要整死牠還有可能，但要讓魚兒自動掛到傅盈的魚鉤上，卻是不可能的。

但是，瞧傅盈嬌羞嗔怒的可愛樣子，周宣很是高興，在餌罐子裏尋找著大蟲。

周宣一邊幫傅盈的魚鉤上餌，一邊笑道：「盈盈，爺爺那罐子裏儘是小蟲，我們罐子裏全是大蟲，放心吧，肯定釣到比爺爺更大的魚，要不，你瞧瞧這蟲子……」

傅盈惱道：「你存心讓我噁心是不是？」

周宣哈哈大笑。

就在此時，背後掛在椅子上的外衣裏，手機鈴聲響了起來，周宣手上很髒，不用他說，傅盈便主動過去從他衣袋裏把手機拿出來，看了看來電顯示，說道：「是媽的電話！」

說著，她就按下了接聽鍵，說道：「媽，什麼事啊？」

但緊接著，傅盈的表情便怔了一下，隨即問道：「什麼？媽媽被人打了？在……在哪裡？」

傅盈一下子慌亂起來，周宣也是一呆，剛剛他並沒有用異能注意傅盈接的電話，因爲心思都放在了穿漁餌上，一聽傅盈說的話，呆了呆後，趕緊問道：

「盈盈……出什麼事了？」

傅盈還在接電話，一邊點頭，一邊急急地說道：「好，我知道，你看著媽媽，我們馬上過來！」說完把手機拿到手中，然後焦急地對周宣說道：

「周宣，電話是劉嫂打過來的，說是她跟媽媽在買菜回來時，不小心碰到別人的車，給人打了，我們趕緊過去！」

周宣一聽，心頭一緊，火焰立刻就冒了起來。

他這人向來外剛內柔，不喜惹事，一般人嘲弄欺負一下也無所謂，但他的親人就是他的逆鱗了，如果是誰觸動到這個逆鱗，那周宣是拼了命也會跟這人鬥個你死我活的。

一聽到老媽被人打，這比當初弟弟被人打，更令他怒火中燒，不能忍受。

一旁的老李在釣魚時雖然紋絲不動，但此刻一聽到傅盈的話，怒容上臉，當即把漁竿一扔，說道：「走，馬上走！」

周宣也沒有客氣的功夫，當即扔了漁竿，連手都沒洗便即起身，三個人都扔了漁具不理，急急地往魚塘管理處的來路方向走去，在林子邊把李爲叫了起來。

李爲不知道是什麼事，但看爺爺和周宣傅盈三個人的臉色都不對勁，陰沉得厲害，連李爲都嚇得不敢問了，只是惴惴地跟著走。

老李連心愛的漁具都不要了，揮手讓李為趕緊把車開出來，其他的什麼都不理會。

李為把車開出來，周宣拉開車門讓老李先上去，然後自己也上了車。傅盈憂心忡忡地坐到了前座，然後對李為急道：

「趕緊開往友誼廣場南面出口處！」

李為見傅盈如此緊張焦急，不敢說笑怠慢，趕緊開車迅速地往友誼廣場駛去。

周宣向傅盈要回了自己的手機，再打過去，接電話的還是劉嫂，劉嫂的聲音顯得十分害怕。

「小……小周啊，你……你……你們還沒來啊……那些人……那些人好兇……哎喲……」

劉嫂說到這兒，電話一下子就斷了，給周宣的感覺，似乎是手機被人搶過去摔了，他又「喂喂」的追問了幾聲，確定電話斷了，然後再撥過去，老媽的手機已經關機。

在這個情況下，金秀梅的手機會關機，應該是不可能的，唯一能說明的，那就是手機被對方毀了。

雖然只有短短的幾句話，李為卻立刻有些明白了，好像是家裏哪個人被人打了。李為這一下眼圈都紅了。在他心裏，早已經把周家當成跟自己家一樣了，周家的人被打了，他如何能忍？而且還不知道被打的是哪一個？

李爲最擔心的就是周瑩和金秀梅兩母女，兩個女人，在外面容易被人欺負。

不過李爲又想到，周瑩應該是在公司裏，在公司裏，她的地位之高，大家都知道，絕不可能隨便被人欺負，再說，被打的人是在友誼廣場，與公司大樓很遠，所以最有可能的，就是岳母金秀梅了。

李爲急怒之下，把車開得更快，差不多用了二十分鐘就回到市區，比去的時候快了一倍。

進城後，李爲仍沒減速，離友誼廣場還有三四公里時的路段便被交警盯上了，揮手攔停，李爲絲毫不理，直接衝了過去。

老爺子在後面沒有出聲，李爲心裏更無忌憚，從照後鏡裏看到，後面跟了好幾輛警車。

周宣想了想，拿起手機給傅遠山打了個電話。

「大哥，我媽在友誼廣場被人打了，我跟傅盈、李爲還有李爺爺幾個人在郊區釣魚，現在趕回來時被交警追攔，我先跟你打聲招呼，幫我處理一下，別到後面鬧出事來，對你們不好。」

傅遠山當即一口答應下來。周宣的情況他熟悉得很，李爲是什麼身分他早知道，周宣一說，他馬上就明白了，這事萬一鬧大了，他們不好收場，趕緊出面處理一下比較好。再就

是，他聽到周宣說他媽媽被打了，傅遠山心頭一緊，這可是個慈心善良的老好人，怎麼會被打了呢？

傅遠山一邊趕緊打電話給調度室查詢，一邊又趕緊調集了十來個得力的部下，穿了便衣，出發趕往友誼廣場。

等到周宣把電話一掛，老李便道：「小周，你給李雷打個電話，通了給我。」

周宣這時不客氣，立刻撥通了李雷的電話，然後把手機遞給老李。

老李轉過頭低低地說了幾聲，簡短地下達了命令，然後把手機遞還給周宣。

周宣心裏焦急，也沒去注意老李電話裏說什麼，只是在擔心著老媽被打成什麼樣子，受到什麼樣的傷害，對後面的交警追趕鳴笛的喇叭有如沒聽到一般，只是希望車速更快，能飛到友誼廣場更好。

到友誼廣場只剩下三公里路段，追趕的警車用高音喇叭喊了幾聲停車接受檢查的話，但李爲絲毫不理會，仍然超速開車。不過，只過了一兩分鐘，後面追趕的警車便即關掉了警笛，也不再喊話了，只是仍然在後面跟隨著。

在友誼廣場的南端出口處，在交叉路口處，李爲遠遠地便見到廣場邊緣處有一大群人圍觀，瞧瞧別的地方也沒見到金秀梅的人影。

當然地方太大太寬，要找到她不是容易的事，但有事之下，自然首先想到的就是人多的地方。

李爲腳一踩油門，徑直往南埠開過去，在廣場邊停了車，然後打開車門跳下車，就往人群堆衝過去，傅盈也跟著奔了過去。

周宣到底是和老李一起，雖然心急，但也不能把老爺子一個人扔在後面，當即扶了老李往人群走去。

幾輛交警的車追上來後，依次停在了李爲的奧迪後面，但卻沒有下車，在車裏打著電話，似乎在等上級的通知命令。

周宣扶著老李穿過人群堆進到裏面，便見到傅盈和李爲從地上扶起他老媽金秀梅。劉嫂在一邊嚇得仍然顫抖不休，見到李爲和傅盈到了後，還呆呆地說不出話來。

周宣趕緊蹲上前扶著老媽。金秀梅此刻臉色煞白，右邊臉更是腫得老高，明顯的有手掌印痕，嘴角邊還有血跡，見到周宣幾個人時，金秀梅的眼淚一下子流了出來。

周宣看到老媽嘴裏全是鮮血，一顆心頓時絞痛起來，眼一紅，頓時問道：

「媽，怎麼回事？」

李爲和傅盈雖然憤怒，但最關心的還是金秀梅的傷勢。金秀梅唔唔地說了兩聲，但臉上給打了耳光後，顯然有些說話不靈，唔唔兩聲，也沒說清楚，伸手指著的卻是前方三四米

處。

周宣順著老媽指的方向看過去，只見四五個男子冷笑連連地看著他們，其中有兩個很是眼熟，再仔細看看，馬上便想起來，這兩個人就是之前在釣魚處見到的那林局長的兒子林國棟，和那個拍他老子馬屁的下屬。剩下的幾個人不認識，但想必是來接他們去吃飯的陳總的下屬吧。

竟然是這一夥人！

周宣心頭怒火騰地一下就升了起來，若說別的人，還需要瞭解情況，而這個林國棟，周宣可以肯定他不是好東西，於是想也不想便站上前，冷冷問道：

「喂，姓林的，給我說清楚！」

第九十四章

好漢不吃眼前虧

林國棟一方本來是極佔優勢和上風的，
但情勢一下子急轉而下，此刻，除非叫來幫手。
但幫手不可能馬上就趕到，
好漢不吃眼前虧，有的人趕緊掏出手機求援。
周宣和李為也不阻攔，任由他們打電話找人。

林國棟一見，來者居然是在魚塘邊見到的那個絕色美女和她男朋友，心裏一喜，心想：這倒好，是天上掉下來的機會，讓她見識見識什麼才叫真正的有錢有權的人吧！

這麼漂亮的女孩子跟著這樣的男人，簡直是比鮮花插在牛糞上還糟糕的事，現在竟然又碰到了，那就是上天給的機會啊，不藉著這個機會好好發揮，老天都不答應。

林國棟嘿嘿一笑，斜睨著周宣說道：

「嘿嘿，你也知道我姓林？那你還敢跟我大聲說話？說什麼清楚？這鄉下老娘們是你老娘吧，提一袋菜散在我車上，奶奶的，知道我這車多少錢嗎？三百多萬的法拉利，三百多萬啊，沒見過這麼多錢吧？老子幾百萬的車，你們賠得起嗎……」

「我×你老母！」李爲不等他說完，便即衝上前，照準林國棟襠部就是一腳。林國棟「啊喲」一聲，便即捂襠蹲下來。

周宣也不管三七二十一，一把揪起林國棟的頭髮，照著他的臉就是一頓亂揍，打得林國棟哭爹叫娘地大喊。

林國棟的同伴們沒想到，對方幾個男的竟然敢上前動手，因此，在林國棟被打後還在發愣。等回神過來後，才發覺林國棟被打了，這才發出一聲喊，一起湧上前來，準備圍攻李爲和周宣。

傅盈哪裡等得他們動手？三下五除二便擊倒了剩下的六個壯漢，這一下，把圍觀的人群都驚呆了。

傅盈的動作勢如閃電，圍觀的人都沒看清楚是怎麼動的手，那六個人便都躺在地上直叫喚，爬都爬不起來了。

周宣和李爲根本就不計後果，兩人揪著林國棟就是一頓猛打。李爲雖然沒有傅盈、魏曉雨那般的身手，但打架也是常事，而且經驗豐富，知道要把人打得狠卻又不會致命的重傷手法。

林國棟在這一通挨打中，腿被踩斷一條，手指也被周宣硬生生踩在地上折斷，因爲周宣看到老媽的臉傷，猜想應該是林國棟的右手幹的，更不多想，直接把林國棟的右手掌手指踩斷。

林國棟一方本來是極佔優勢和上風的，但情勢一下子急轉而下，七個人全部受傷躺下。此刻，他們再要打肯定也是打不過了，除非叫來幫手。但幫手不可能馬上就趕到，好漢不吃眼前虧嘛，有的傷者趕緊掏出手機來電話求援。周宣和李爲也不阻攔，任由他們打電話拉人過來。

其中一個人見到不遠處有幾輛警車停在路邊，車裏有警察，當即大聲呼救：

「救命啊，打人啊，警察過來救人啊……」

可是，那三輛警車裏的員警卻是裝沒聽到一般，紋絲不動。

周宣嘿嘿冷笑著，說道：「叫誰都沒有用，姓林的，我只想問清楚，你是怎麼打我媽的？」

林國棟此時臉腫得像豬頭一樣，被揍得眼淚直流。他長這麼大，還沒吃過苦挨過打，更別提被人欺負了，從小只有他欺負別人的份。被打這種滋味，他今天還是第一次嘗到，而且還是在他想要在一個漂亮女孩子面前炫耀的時候。

說話間，路邊急匆匆地又開來四五輛吉普車，「嘩嘩啦啦」地便下來十幾個陌生男子，個個表情彪悍，動作敏捷，圍過來後，林國棟面帶喜色，以爲是他們的救兵到了，照他的想法，周宣這邊是不可能有這麼多救兵的。

不過，林國棟被打得厲害，臉色上已經看不出有什麼表情了，而且他也沒想到，這些人並不是他們的救兵。

圍過來的人當中，有一個領頭的問道：「誰是打人的？」

這個人周宣卻是認得，是去年去騰衝的時候，李雷派給他的兩個軍官保鏢中的一個——連長鄭兵。當時還有一個排長江晉，這兩個人身手都頗爲了得，在去騰衝的那次經歷中，他與二人都有不淺的交情。

這一下周宣知道，這些人是李雷派過來的人了，也就在旁邊不出聲了，任由他們行動。

李為當然知道，老頭子派過來的人當中，大多數都是他認識的，有老頭子出手，自然又比他們出手更管用了。

林國棟和地上躺著呼痛的六個男人指向周宣幾個人，連連說道：

「是他們打人，是他們打人！」

鄭兵冷冷道：「動手，全部拉到車上，帶回去審問。」

他這個口氣倒像是便衣員警，手底下的人更是迅捷，幾乎是一人一個，輕鬆地就把林國棟等七個人扛起來，搬到了吉普車裏面。然後，鄭兵另外派了一輛車，先把金秀梅和劉嫂送往醫院。周宣讓傅盈跟著去醫院，自己則和李為開車跟著鄭兵的車隊。

鄭兵手一揮，車隊啓程，迅即消失在公路的車流中。李為開著車倒是緊緊地跟著他們，只是後面那幾輛警車就再沒跟上去，似乎得到了指示。

就在鄭兵開走後的幾十秒內，又有幾輛車跟著他們開過去。

鄭兵等人開去的方向是郊區，出了城後就是往密林的山區開去，一直開了一個小時左右，到了一處山頭上的廣闊地段處才停下車來。

這個地方極是偏僻，附近更是數里都無人煙，鄭兵把車一停，叫喝一聲，十幾個手下便把林國棟等七個人從車裏扔下地來。

李為在後邊跟著，停了車後，跟周宣也下車觀看，在他們後面還跟有兩輛車，停車後一

下車，周宣便看到是魏海洪和幾名保鏢，當即叫了聲：「洪哥。」

魏海洪點點頭，他過來時，老爺子也跟過來了，後來自然是不方便出面，叫了老李兩個人跟著警衛回別墅去了。

魏海洪手一揮，兩名保鏢提了三個箱子下車，走到林國棟面前說道：

「你叫林國棟是吧？」

林國棟幾個人已經發覺事情有些不對勁了，他們雖然打了電話，但來的人一撥接一撥的，卻是沒有一撥人是他們叫來的，現在這些人臉色不善，可能不好對付，還是不要吃眼前虧好。

林國棟點點頭，然後有些詫異地道：

「你……你怎麼知道我叫林國棟？」想了想，好像自己從頭到尾都沒說過自己的名字吧？

不過，林國棟隨即又恍然大悟，臉色一喜道：「我知道了，你是我爸派來的人吧？趕……趕緊把他們都逮起來，他們把我們打……打……」

林國棟說了話後卻又覺得不對，要魏海洪等人動手的話，明顯人手不夠，他們只有四個人，而周宣和鄭兵那一夥人卻是有十幾個，怎麼逮？

魏海洪冷冷道：「少做你的春秋大夢了，告訴你吧，你的底細我查得很清楚，你老子叫林岳峰，一個小小的城區財政局長，便囂張到這個樣子？就衝教育你成這樣子，你老子就不是好貨，就等著你老子蹲監去吧！」

林國棟一呆，搞不清楚是怎麼回事了。

魏海洪又問道：「你那法拉利多少錢？」

林國棟怔了怔，魏海洪問的話跳躍性太大，讓他一下意會不了，反應過來後，才開口回答道：「三百八十萬，才……才買了兩個月的新車。」

魏海洪擺擺手，兩名保鏢打開箱子，箱子裏竟然全是疊得整整齊齊的百元大鈔。魏海洪指著那幾箱子鈔票說道：「這裏是四百萬元，夠你的車價了吧？」

林國棟傻呆呆地直是點頭，說道：「夠了夠了。」話是這樣應著，卻不知道魏海洪是什麼意思。

魏海洪又道：「這錢是賠你車的，拿去吧。」說著，讓手下把箱子蓋好，然後扔到林國棟腳下，之後臉色一沉，說道：「錢賠了，現在再來說正事。」

「還有什麼正事？」

林國棟摸著腫痛的腦袋傻著，這個人很是奇怪，做的儘是奇怪的事，四百萬也不是小數目啊，就這麼輕易給了他，就是買新車也夠了吧？不可能是想要買他的舊車吧？會不會是想求他老子辦事而趁機送錢的啊？

魏海洪冷冷道：「你的車，不過是一些菜汁沾在了上面，洗乾淨就沒事了，現在我賠你錢，讓你有買新車的錢，然後再算算我們的賬吧。那老太太，你知道是誰嗎？那是我們接過來享福的，她兒子女婿每天都花百十萬給她補身子，一個月的營養費就要超過三四千萬，你這一掌把老太太打成重傷，流的血得補一年半載的，你想想，一天就算一百萬，一個月三千萬，補一年就是三億六千萬，這個錢，你又怎麼補？」

林國棟頓時呆了起來，迅即跳起來指著魏海洪道：

「原來你跟他們是一夥的，嘿嘿，笑話，有誰是這樣補的？又有什麼人花得起這麼多的錢？你還是去騙傻子吧！」

魏海洪眼一瞪，怒了起來，抓住林國棟，連連狠扇起耳光來，一巴掌接一巴掌地打得山響。掌摑過後，林國棟連血也給扇了出來，嘴裏甚至還飛了一顆牙齒出來。

林國棟滿嘴是血，這個時候，他的形象倒是跟金秀梅被他打的時候差不多了，旁邊那一地躺著的六個男子更是哼都不敢哼，生怕一出聲便惹起對方的怒氣，發洩到自己身上，此時還是沉默爲好。

魏海洪繼續把林國棟狠揍了一遍，打得手上也全是鮮血了，才把林國棟扔到地上，狠狠踢了一腳，這才解了一些氣，想了想，又把手機掏出來說道：

「林國棟，給你一個機會，給你老子打個電話，把你所有的情形都告訴他，讓你老子來解救你！你老子要不來，一會兒就把你從懸崖上扔下去！」

魏海洪這幾句話說得極是兇狠，把林國棟嚇得魂飛魄散，剛剛被打得就頭昏腦脹了，哪還敢細想，趕緊把手機撿起來，給他老子林岳峰打電話。

這本來就是他想做的，卻沒想到對方竟然還會讓他公然照做，會不會是想要贖金？是不是想綁架他了？

林國棟很是擔心魏海洪說的是假話，一邊給他老子林岳峰打電話，一邊又瞄著魏海洪等人，怕他們說的是反話。但魏海洪抱著手不說話，只是一張臉陰沉得嚇人，旁邊周宣李爲等人也都一樣。

林國棟手指顫抖，第一次撥打的電話號碼還撥錯，接電話的人問他找誰，林國棟趕緊叫了一聲爸，對方罵道：「我X你媽，老子今年才二十二，有這麼大的兒子？有也是你媽戴了綠帽子……」說著「喀嚓」一下關了電話。

林國棟很是狼狽，趕緊看了一下撥出去的號碼，原來其中的八給按成了六，真的是打錯了電話，又瞧了瞧魏海洪等人，見他們都沒表情，也沒有阻攔的意思，這才又急忙撥了他老子的手機號碼，這次還檢查了一下，見沒錯後才撥了出去。

魏海洪等人仍沒阻攔，見到林國棟撥通了電話後，就冷冷說道：

「林國棟，跟你老子說你被我們狠打了，叫他把能叫到的人都叫來，否則你只有死路一

條，知道嗎？」

林國棟連連點頭，卻不敢出聲質疑，免得對方後悔。在林國棟心裏，只要魏海洪等人真的讓他給他老子打電話，等林岳峰帶著人馬趕過來後，就沒有什麼搞不定的事了。

只是，林國棟有些不大相信魏海洪這些人會真的讓他打電話給他老爸。如果他老爸知道了，帶人趕過來，那他們不是什麼威脅都沒有用了？

能想像到的只有兩種可能，一是魏海洪等人綁架他後，打電話讓他老子過來，而他們馬上就離開這個地方，讓老爸林岳峰帶人撲個空，讓老爸更著急，最後就會按著他們開的價錢來付錢，這樣才會達到他們的目的。

另一種可能就是，也許魏海洪等人是生意上或者什麼事情上被難住了，需要他老爸林岳峰開路子，因爲他老爸是財政局長，真正的財神爺，做生意的人對資金有需求也是有可能的。

不過，林國棟根本是個大草包，他所想的，其實一點都經不起推敲，如果真是要綁架他的話，又有什麼人敢這樣公然跟政府官員叫板？

就算是最囂張的黑社會，也不敢跟當官執政的人示威，他們欺負的人都是老百姓。第二點，如果真是要林國棟老子林岳峰從財政上給予支援的話，那綁架他兒子來要脅，這只會適得其反，即使當時得逞了，事後林岳峰的手段又豈能讓敲詐的人有善果吃？

不過，林國棟打電話的時候，魏海洪等人一點都沒有打擾他，而是靜靜地等他講述這裏的情況。

林國棟可就不客氣了，只是特意把聲音壓得很小很小，把他被欺負、被打的程度哭喪著告訴了林岳峰，中間又添油加醋，把他的慘狀說得更嚴重。

林岳峰聽了，自然是吃驚不小，問了問對方是些什麼人。林國棟自然不知道。林岳峰想了想，馬上又打了幾個電話，把能叫到的警政系統的關係都叫上了，讓他們都帶人過來。還把他所在城區的公安局長也叫上了，這是他的老關係，更有趣的是，他居然還把傅遠山也請來了。

以前傅遠山是局長，林岳峰是財政局長，雖然系統不同，但級別卻是一樣的，所以兩人還略有幾分關係，後來傅遠山升遷了，二人來往就少了，但他想來，這事叫上傅遠上更好，這老傅怎麼也得賣他這個面子吧？

再說，逮住綁架的案犯後，傅遠山還有功勞呢，公安局長也會更賣力，因為傅遠山是上級，有上級在，就算不說話，那他林岳峰的關係顯露出來了，這也一樣有威力效用。

所以，林岳峰想也沒多想，便給傅遠山打了個電話。傅遠山一聽就有些詫異了，什麼人竟然敢公開綁架他的兒子？

傅遠山覺得奇怪，當即向林岳峰問了情況，越問越覺得奇怪，林岳峰也說不出個所以然

來，只說兒子被人綁架了，現在某某地方，等他過去救人。

傅遠山是老員警了，這麼多年的經歷也沒有遇到過這樣的事啊，哪有綁架的罪犯綁架人質後，會向人質家屬說明在什麼地方等候的？

可是林岳峰顯然又沒有更多的線索，傅遠山跟他也算有些交情，雖然不深，但同爲城裏的公務人員，幫他也是幫自己，這種事自當由他們警政系統的人來解決，當下問明了地點，便答應下來，馬上帶人過來會合。

林岳峰當真是把能拉到的關係都拉上了。這些拍馬屁的下屬自然個個是摩拳擦掌的樣子，準備爲老大大幹一番。

傅遠山本來就在爲周宣的事奔忙，但碰到了林岳峰的事，也不得不管一下，準備叫得力手下帶十來個人過去處理這事，這跟自己親自到場的效果是沒什麼兩樣的。

不過，傅遠山總是覺得不對勁，也太巧了，想想剛剛林岳峰說的情況，再分析了一下，敢綁架他兒子又找了地方等他前去，顯然就是沒將林岳峰瞧在眼裏，現在，又有幾個人敢這樣幹？

難道是……

傅遠山心裏跳了一下，想到周宣的事，馬上想到，會不會這兩件事就是同一件事？因爲周宣那邊如果有魏海洪、李爲等人出手的話，跟在後面的，就會是魏老爺子和李老爺子，那可是震天動地的大人物。

要說對付一般人，林岳峰自然是綽綽有餘，但若是面對這一群人，那林岳峰便跟一隻小蝦米對抗鯊魚差不多，而且，這裏可是有一群鯊魚。

傅遠山不敢怠慢，當即給周宣打了個電話。

傅遠山一問，周宣當即把所有情況都告訴了他，然後又把事情的前因後果說了出來，又說在場抓林國棟的人是李雷派過來的，魏海洪也到了現場，還有兩位老爺子作主，讓傅遠山不要著急。

傅遠山嚇了一跳，心想果然如此，差點壞了大事，本來今天自己帶了人出來，是要爲周宣出氣的，卻沒想到林岳峰叫他幫忙要對付的人，竟然是周宣！

傅遠山凝神思索了一下，當即打電話問了一下警政系統中有多少人跟隨林岳峰去了。並馬上通知跟去的人，不准透露一切消息，不准動手，一切等他到現場做主。

因爲不敢肯定跟著林岳峰的人還有沒有他們下屬單位的人，所以傅遠山又打電話詢問了一下林岳峰，問清楚了他都叫了些什麼人去。

林岳峰十分感激傅遠山，心想：他還這麼客氣，當即把自己叫的關係都說給了傅遠山聽。傅遠山自然是暗中記了下來，心想，這次林岳峰肯定是完蛋了。

聽說他手底下不乾淨，也有不少人舉報，不過因爲林岳峰後臺強硬，所以給壓下來了。

但後臺再硬，也硬不過周宣的後臺。

林岳峰的後臺，傅遠山也略微知道一些，是市委裏的一個副書記，壓制他這樣的副廳長自然是沒問題，但要對魏李兩家，可就遠不夠看了。

傅遠山心中已定，倒不是說他不夠義氣，不夠朋友，但對方的敵人是自己的兄弟周宣，那自然就沒別的話說了，當即一一通知了跟著林岳峰去的下屬們，下了不准洩密的死令，然後緊急出發，趕往周宣等人所在的地方。

林岳峰一行人差不多有三四十人，十幾輛車十萬火急趕過去。不過，所有警政系統的人馬都因已得到了傅遠山的密令，雖然荷槍實彈，但已跟當初被林岳峰叫去時是兩樣的想法了。

在偏僻的山區現場，魏海洪冷冷地盯著腫得跟豬頭似的林國棟。

魏海洪得到周宣的電話後，隨即惱怒萬分地讓人查了一下林岳峰的底子。雖然沒有細查，但魏海洪找的人自然不簡單，不過數分鐘便對林岳峰的背景一清二楚，肯定這個人手腳很不乾淨，之所以現在還沒有栽倒，只是因爲後面有人力挺。

魏海洪也把林岳峰後臺的關係弄了個清楚，當即向老爺子彙報。魏海洪心中雖然憤怒，但還是先問了老爺子該如何處理，老爺子的回答就只有四個字：「放手去幹。」魏海洪當然就不客氣了，把阿昌、阿德幾個得力手下帶了去，準備放手幹一場。

大約過了四十分鐘後，便見到山下的路口上出現了十幾輛車，浩浩蕩蕩地過來。林國棟臉上大喜若狂，站起身探頭望著，心裏狂跳，不知道來的是不是他老子。若是的話，那他的苦日子就到頭了，馬上就可以狠狠報復這批人了。這些人把他打成這個樣子，這口氣自然是要往死命裏出。

林國棟此時一副摩拳擦掌的態勢，眼看那些車輛越來越近，心情也越來越激動，只盼他老子的人馬最好長了翅膀，能立刻就飛到眼前。

因爲事先知道原因，所以林岳峰叫來警方的人時，便已經叮囑過，不用警車，不穿警察制服，當車開到平地後，十四五輛車一字排開。車門「嘩嘩啦啦」打開，下來的人至少有四五十個人。

林岳峰沒想到，他叫來的人已經不是跟他一條心了。一路上急火攻心的，只想儘快趕到現場看到兒子，此時打開車門率先下了車，便看到被打得跟個豬頭一樣的兒子，怒火一下子沖昏了頭，恨不得掏槍出來頂住對方的頭。

對方的人雖然也有十幾個，但林岳峰帶來的人更多，將近五十人，而且來的員警都是帶了槍的，要是還壓制不住對方，那就沒天理了。

林岳峰平時便是個眼高於頂的人，此時又因爲兒子被打的慘狀激怒了心情，平時還算是

冷靜沉著的心態，此刻完全消失不見，指手畫腳地便叫囂著衝了上去。他帶來的七八個手下也跟著衝了上去，一邊叫罵一邊揮舞著鐵棍，卻絲毫沒有注意到那些便衣警察都停在原地沒有動。

魏海洪冷笑連連地看著衝上來的七八個人，為首的林岳峰更是狂態盡顯，臉上又怒又痛的表情讓臉部都扭曲了起來。

林國棟那六名同夥被打得更狠，扔在地上根本就爬不起來，只有林國棟還能跑動，他臉上腫得厲害，看起來傷很重，其實只是皮肉之傷，看到他老子後，便即哭叫著跑了過去。

花花公子欺軟怕硬的本性在此時顯露無遺。林岳峰一把拉住兒子，然後仔細地看了起來，越看越是怒火中燒，兒子長這麼大，他都沒捨得重手打一下，此時見狀，令他心頭怒火熊熊燃燒起來，伸手一揮，狂叫道：「給我打！」

林岳峰一聲令下，手下七八個人立即叫囂著往魏海洪那方衝了過去，也不管三七二十一，反正準備見人就打，既然這些人是一起的，怎麼打都無所謂。

只是，林岳峰的手下一衝過去，還沒到魏海洪近前，阿昌、阿德等四五個保鏢上前幾個動作，劈哩啪啦一陣響後，就聽到呼天叫地的慘叫聲了。

林岳峰的手下都是些坐辦公室的普通人，又怎麼會是阿昌阿德這些退役的中南海警衛的對手？

一經硬碰，立即便是斷手斷腳，而阿昌阿德等人又極有分寸，動手用的是分筋錯骨的手法，雖然斷手斷腳，卻是性命無憂。

林岳峰被這一下的情況弄得一怔，沒想到他的手下竟是如此不堪一擊。看來對方還是練家子了，趕緊又回頭叫道：

「你們都給我上啊！」

林岳峰叫得這一聲時，卻見後面那些便衣一個個紋絲不動，都是背手站在原地，既不掏槍，也不上前。林岳峰呆了一呆，還沒弄明白是怎麼回事，又見到來路上急急地開過來一輛車，灰塵煙霧中，車一停，車門打開便急急的下來幾個人。

林岳峰一見，便即喜道：「老傅，趕緊叫你的人動手，這些綁匪惡劣兇狠，又打傷了我這麼多下屬，必須嚴懲！」

來的人自然是傅遠山。

傅遠山瞧也沒瞧林岳峰，而是徑直朝周宣和魏海洪的方向走過去，到他們面前才沉聲道：「魏三哥，老弟，金阿姨還好嗎？」

傅遠山比魏海洪年紀略大，卻叫他一聲「三哥」，自然是對魏海洪的尊稱。魏海洪當然也受得起，因爲傅遠山是周宣的人，所以禮貌地點了點頭示意，然後說道：「老嫂子已經送

到醫院救治了。」

傅遠山點點頭，然後轉身手一揮，叫道：「把這些人都銬起來！」說著，伸手指著那些被打傷躺在地上叫喚的人。

林岳峰父子兩個人都驚得呆了。

林岳峰趕緊叫道：「老傅，你有沒有搞錯啊，那些人才是對方的人，這些是我們的人。」

傅遠山冷冷地道：「笑話，誰跟你是『我們』？說話要注意一些，我接到報案，說是你兒子林國棟打傷這位周先生的母親，目前等醫院檢查的結果，你兒子還得跟我到局裏接受詢問備案。」

林岳峰腦袋一時還沒轉過來彎，不知道事情怎麼會忽然變成這個樣子。傅遠山啊，你就算升了半級，也不應該對我這個財政局長如此無禮，如此不給面子啊？再說，你一個副廳長就算再威風，也不如我背後的靠山硬，這個道理你難道不懂？

那些便衣一得到傅遠山的命令，立即便衝上前，將林國棟那一幫手下和林岳峰的手下都銬了起來。最後還將林國棟拖開。

兩個人狠命反扭住他的胳膊，接著把手銬緊緊給他銬上，林國棟頓時痛得哭爹叫娘起來，只是盯著他老子叫道：「爸，好痛啊，爸，快救救我。」

林岳峰氣得指著傅遠山，手指顫抖地叫道：

「你……你這是幹什麼？」

「幹什麼？辦案子啊，實事求是辦案子。」傅遠山淡淡地回答著，然後又問周宣：「小周，你媽跟林國棟發生事情的經過是怎麼樣？」

周宣臉色陰沉地盯著林國棟，然後回身去把鄭連長派人接回來的劉嫂扶出來，說道：「劉嫂，你把今天發生的事全部都說出來。」

雖然過了一段時間，劉嫂還是心有餘悸，她是一個老實的鄉下婦女，從沒見過這種陣仗，又見到林國棟那一夥人的兇狠模樣，到現在心情都無法平靜下來，臉色煞白，嘴唇一直是顫抖著。

周宣見到劉嫂確實害怕得很，便柔聲安慰道：

「劉嫂，別怕，有我在，沒有人會傷害得了你，你只要把當時現場發生的情形說出來，我會對付林國棟的。」

劉嫂因爲害怕，所以心裡留下了陰影，然而一看眼前的場面，見自己人已經完全佔了上風，便喘了幾口氣，忍不住哭哭啼啼的說了出來。

第九十五章

大人物

林岳峰被這通電話搞得莫明其妙，過了好一陣子，
林岳峰才把對方說的話想明白，原來他們惹到了惹不起的人。
連那麼強硬的後臺都說是他遠遠不能得罪的人，
那會是什麼樣的大人物啊？

「今天吃完早餐後，你跟盈盈去古玩店了，金嫂就叫我一起去逛超市，說是要給盈盈買些補品，買些好菜回去，我們就走遠了些，到友誼廣場的超市來買。逛了一個多小時，買了很多菜，從超市出來時，我跟金嫂都是兩手提了一大袋東西。

走到廣場南面出口處，我們正準備搭計程車回家，金嫂不小心把手中提的裝泡菜的袋子碰到那輛車，袋子裡的湯汁流到了車上，金嫂趕緊把手上提的東西放到地上，抽了一卷紙巾出來擦那車，接著……接著……」

劉嫂說到這裡時，用手指著林國棟顫聲道：

「接著這個人……這個人就跳出來了，什麼話也沒說，直接就掄手打金嫂的耳光，金嫂一下子被打到了地上，他又用腳踢，腳踢累了，還用手抓著頭髮再打耳光，打的時候還罵了起來，說他的車值好幾百萬，你個鄉下婆賠得起什麼的話……」

劉嫂說到這裡，事情大致的起因就明瞭了，傅遠山越聽臉越黑。

一邊的林岳峰這時才曉得，傅遠山跟周宣這些人是認識的，但就算他認識，值得他用這麼大陣仗來跟自己翻臉麼？

做出這樣的舉動，便是一生一世都解不開的大仇了，傅遠山明白後果嗎？那些人不過是他的朋友，而這邊卻是他林岳峰的親兒子，他應該明白輕重吧？

再說，自己的兒子不就是伸手打了個老太婆嗎，又沒打死人，就算是他傅遠山的朋友，跟自己說一聲，自己也會賣他個面子，讓兒子賠點錢不就得了？現在把自己兒子打成這個樣子，還要拉到局裡去，這仇可就真解不開了。

林岳峰此時急得不得了，向傅遠山說道：

「老傅，你明白你現在的舉動會有什麼後果嗎？你就覺得我沒有一點分量？不給我一點面子？你這是濫用職權，動用私刑，這個後果，你可曾想過嗎？」

傅遠山冷冷道：「林岳峰，你還知道濫用職權這句話？會說這種話，我想你也能想到濫用職權的後果吧？你有什麼後果我不管，也不是我管的事，我要管的是你兒子打人傷人的事，其他的我一概不理。你的分量、面子？呸，老子管你有什麼分量、管你有什麼面子！」

林岳峰被傅遠山的話嗆得一句話都說不出來，臉脹得通紅，好半晌才急道：

「好你個傅遠山，別以爲你升了個官就蹬鼻子上眼了，我告訴你，你升個副廳算個屁，就算升上了正廳，也算不了什麼，人外有人，山外有山你懂不懂，我現在就告訴你，別看你現在威風的樣子，我一個電話就能讓你好看。」

傅遠山淡淡一笑，正想說話，旁邊的魏海洪冷冷道：

「嘿嘿，好看？我倒想看一下你能給他什麼好看，林岳峰，給你個機會打電話，快打啊！」

林岳峰眼裡儘是惡毒的表情，拿出手機便撥打電話。

對面的人，他除了認識傅遠山之外，其他人一個都不認識，其實周宣是跟他交過面的，不過林岳峰那時只盯著傅盈，對傅盈有較深的印象外，旁邊的周宣和老李兩個人，他絲毫沒注意，此時自然也不會記得這麼一個人。

又因爲職位的原因，財政局嘛，與他打交道的，除了轄區內的各個機關部門外，與極高層人物打交道的機會就很少了，尤其像魏海洪這樣的人，雖不在體制內，卻是屬於不能動不能碰的太子爺，如果瞎了眼碰到了還要硬撞，那就是他倒了八輩子的大楣。

林岳峰就是屬於這種情況，他本身便不是一個公正廉明的好官，發生了這樣的事，又做出這樣的舉動，等於算是把前程都送掉了。

林岳峰自然是不自知，還在給他的後臺打電話，不過他打去的電話，卻始終沒有人接，這可是專線電話，從來沒有發生過無人接聽的情況，他呆了呆，還以爲是自己撥錯了號碼，把手機拿到眼前仔細瞧了瞧，顯示撥出的號碼名字正是那個人，沒有錯啊！

林岳峰呆了呆後，又趕緊撥打起來，但對方始終處於占線之中，沒有人接聽，林岳峰頓時有些急了，除了這個後臺，其他能找的人，跟他級別差不多，要讓傅遠山有所顧忌根本辦不到。

林岳峰一時情急，手機剛好在這個時候響了起來，林岳峰頓時狂喜起來，低頭一看，螢幕上顯示的號碼，卻是一個陌生的號碼，不禁如一盆冷水潑了下來，全身冰涼，隨意按了一下接聽鍵，說道：

「誰……劉……劉……是您……」

林岳峰一聽到對方的聲音，當即大喜若狂，差一點就把對方的名諱叫了出來，不過對方馬上警告了他，林岳峰立即把後面的話吞了回去。

其他人自然聽不到林岳峰手機裡說些什麼，但周宣卻聽得一清二楚，手機裡傳出來的，是一個低沉的老年男子的聲音：

「住嘴，敢說出我的名字你就死定了！聽著，你什麼話都不要說，聽我說……」

「我正聽著呢，您請說！」林岳峰恭敬的說道。

「你幹了些什麼事，你明白，我也明白，以前我一直暗中保你，但這回你兒子得罪了一個連我都得罪不起的大人物，瞧你們幹的蠢事，我也不想多說什麼，只能告訴你，你完了。不過我警告你，你自己完蛋就算了，要是敢把我扯上，那你會活著比死還要痛苦。你聰明的話，就自己一肩扛下，我以後會照顧你的家人，就這樣。」

林岳峰被這通電話搞得莫明其妙，腦子還沒醒悟過來時，對方已經關了電話，話筒裡傳來嘟嘟嘟的斷線聲，當即呆了起來，過了好一陣子，林岳峰才回神過來，也才把對方說的話想明白，原來他們惹到了惹不起的人。

連那麼強硬的後臺都說是他遠遠不能得罪的人，那會是什麼樣的大人物啊？

林岳峰呆怔起來，再瞧著面前的傅遠山，呆怔不語，不知道兒子林國棟得罪的究竟是什麼大人物了？

看傅遠山的行為及現在這個反應和表情，林岳峰忽然恍然大悟，他之所以這麼粗魯的跟自己說話，原來是有更厲害的後臺，否則他又怎麼會跟自己翻臉？

平時相挺的後臺竟連自己的電話都不敢接，怕被查到，還要用別的電話警告他，而電話裡什麼也沒洩露，還要他考慮後果，這讓林岳峰頓時傻了起來。

這個後臺都是這樣的語氣，林岳峰毫無他法了，其他的朋友連傅遠山的級別都比不上，又怎麼能幫得了他？唯一有能力幫他的，就是這個劉副書記，但劉副書記已經警告了他，不能找他，甚至不能提他，這讓林岳峰一下子感覺到絕望起來。

原以為是勝卷在握的奔過來，卻沒想到會是這樣的結果，看到對方那些人冷若冰霜的表情，又看到兒子痛苦的叫嚷著，一雙手被銬得勒出了血，手腕上儘是斑斑血跡，林岳峰臉色雪也似的白，一向自傲無視於人的他，此刻也感覺到軟弱無力，無計可施。

魏海洪哼哼的沒說話，傅遠山可以不聽林岳峰的指揮，但卻沒有權力逮捕他，他的權力去逮捕林國棟和那一群手下沒有問題，但以林岳峰的級別，就算查到什麼不法情事，也由不得傅遠山逮捕，而是要由更上級批示才能決定。

魏海洪此時突然接到了二哥魏海河的電話，正是為了林岳峰的事。

魏海洪聽了電話，嘿嘿的笑了笑，走到林岳峰面前，再把免持聽筒鍵按了，魏海河低沉的聲音傳了出來。

「海洪，到現場的警政系統的人都有誰？」

「有不少，主管是傅遠山傅廳長。」

「嗯，那好，我以市委書記的名義批示，讓傅遠山控制林岳峰的人身自由，因為檢舉者的證據相當有力，馬上對林岳峰實施管制，接受檢查，等查明舉報內容後再做決定。」

傅遠山就在魏海洪身邊，當即湊了過去，低聲道：「魏書記，我在現場，並接受您的命令，保證把嫌疑犯林岳峰給您帶回來。」

「魏書記？」林岳峰臉色一白，呆了呆，心想：是哪個魏書記啊？他所知道姓魏的又擔任書記的人，就只有兩個，一個是魏顯，但他只是個村委書記，顯然不可能讓傅遠山這個副廳長這麼恭敬的對待，另一個魏書記，卻是他想到就膽戰心驚的市委書記魏海河。

瞧這情形以及傅遠山的語氣來看，八成是魏海河了。

如果是魏海河，那簡直就是林岳峰不能望及項背的人，這時他又想起他的後臺劉副書記的話來，如果是連他都不敢招惹的人物，那只怕就是魏海河了，否則他怎麼敢說這話？

其實林岳峰的後臺劉副書記所說的大人物，並不是魏海河，能讓他遠遠不敢觸怒的，卻

是魏老爺子和老李這兩個人。

魏海河雖然職務比他高，但他卻也不是一點分量都沒有，魏海河新任市委書記不過一年，腳跟尚未站穩，劉副書記雖然比他差了些級別，卻也不至於怕到那樣，魏海河即使想對付他，也不會輕舉妄動，就憑逮了個林岳峰，也不容易就扳倒他，但劉副書記卻不敢輕易招惹兩位老爺子。

這兩位雖然是退居幕後，並不在職權上，但他們兩個人的層級及人脈圈卻是極爲龐大，一句話說出來便是山搖地動一般，劉副書記可不敢與兩位老爺子唱對臺戲。

但這樣層鋒的人物，已經遠不是林岳峰能想像得到的了。

林岳峰此時想到的，就只有魏海河了，光是魏海河，就已經把林岳峰嚇得半死，他做了些什麼事，自己可是清楚得很，以前雖有人檢舉，但有劉副書記的庇護，問題不大，但現在魏海河指名要治他，可就不是劉副書記能保得住的了。

林岳峰傻愣愣的，無論如何也想不到，兒子竟然惹了一個這麼惹不得的大人物，他究竟是打了個什麼樣的人？

照理說，這種大人物的家屬，又怎麼會隨便亂出來走動？而且身邊應該隨時也有保鏢吧？就算兒子不認識，想要橫鬧脾氣，那保鏢也不會讓兒子動到手啊，怎麼就把人給打了？

林岳峰想不通，心裡又害怕又無法想像。

魏海洪掛了電話後，嘴一呶，傅遠山毫不客氣的揮手對兩名手下說道：「把林岳峰銬起來！」

兩名便衣立即提著手銬就上前銬人，他們可不認識什麼局長不局長的，再說，有什麼問題和後果，有傅遠山頂著，也不用擔心。

把林岳峰銬了起來後，李爲和周宣立即把林國棟又逮起來狠揍一番，兩個人此刻下手毫不留情，只是不往要害處去，大力地狠手整治著林國棟。

林國棟此時終於一丁點囂張樣都沒有了，老子都被抓了起來，帶來的人馬也都跟老子翻臉了，沒有人能幫他，呼痛的同時，林國棟特意裝起可憐來，不再硬頂，也不再叫喚老子林岳峰了。

林岳峰此時再見到兒子被狠揍，已經是完全不同的心態了，如果要動手整他的是魏海河，那他自己也沒有把握脫身了，再想救兒子，就更是有些癡心妄想了。

傅遠山手一揮，叫道：「帶到車上去！」

手底下的人二話不說，把這十多個傷者連同林國棟林岳峰父子，一起逮上車，動作極是粗魯，根本不容林岳峰再說什麼。

周宣和李爲打累了，這才出了一口惡氣。魏海洪這時低聲對周宣說道：

「兄弟，別擔心，老爺子已發話了，讓我放手去幹，我二哥也說了，先對林岳峰實施監控，查明事實再做決定，這林岳峰手腳極髒，不乾淨得很，大多是通過他的家屬來收受錢財索賄的，比如他兒子，這一年多來就收了上千萬的財產，而林岳峰的妻子，所收的錢幾乎過億。你想想，這樣的人，進去了還能出得來嗎？打人的事，自然也不能讓他好過，所以你也不要急，這件事就由我們來處理，快回家去好好照顧你媽吧。」

周宣點點頭，這才把劉嫂扶上車，然後與李爲一起上了那輛車，傅遠山這才把林國棟提著拖到一輛吉普車後邊，伸手把後車箱打開，再把林國棟扔了進去，回身對周宣說道：「老弟，我先走一步。」

周宣雖然心疼母親，但此時見到林國棟給他們打成那樣，林岳峰又被監控起來，心裡便暢快多了，當即揮手讓司機開車，想趕緊回去看看，不再理會林國棟父子會遭受什麼樣的下場。

林國棟雖然被打得很厲害，他老子林岳峰也被拉下了馬，但周宣心裡一點都痛快不起來，因爲想起老媽被打後的樣子，就心痛得不得了，這時候，就算把林國棟父子都往死裡整了，整死了，他老媽還是被打了。如果能用他全部的財產交換父母挨一頓打的話，周宣情願把所有財產都不要，也不會讓父母受到這樣的屈辱。

不知道老媽此時怎麼樣了，周宣立即拿起手機給傅盈打電話，想問傅盈老媽傷勢怎麼樣了，但傅盈的手機一接通，居然是妹妹周瑩的聲音：

「哥，你不是跟嫂子在一起嗎？怎麼打電話來了？」

原來傅盈把手機落在家裏了，所以接電話的是周瑩。而且，周瑩和周家其他人並不知道她老媽金秀梅發生了這樣的事情。

在半路上，周宣想了想，還叮囑了劉嫂一下，讓她回去後先別把這事告訴家裏人，以免家人們擔心。

金秀梅所在的醫院，是老李吩咐鄭晉派人送到軍區醫院的，他和魏老爺子親自在那兒等候。

等到周宣和魏海洪李爲等幾個人趕過來時，金秀梅已經沒事了。兩個老爺子陪著她說話。經過醫生的治療後，除了右臉還略有些腫脹外，別的傷勢都沒有。不過，金秀梅顯然還是有一些驚嚇過度的樣子，眉眼間閃現著憂心和焦慮。

周宣趕緊上前拉起老媽問道：「媽，你怎麼樣？身上傷得厲害嗎？」

「沒有沒有。」金秀梅也怕兒子擔心，連聲回答著，「就是那人太兇了，到現在我都還有點害怕，兒子……要不，咱們還是回鄉下老家去吧？」

周宣心裏一痛，把父母弟妹接到城裏來，可不是讓他們擔驚受怕給別人欺負的。老媽這話顯然是真的害怕了。

向來老實敦厚的父母，遇到這樣的事，通常就只會忍氣吞聲，挨打便挨打吧，只要沒傷了性命就好，這種態度不禁讓周宣心酸不已。

周宣甚至在認真考慮著，要不真就回老家去吧，回去過山林田園的生活，只要有足夠的錢，回去過那與世無爭的日子多好？

李為卻是馬上說道：「媽，回去幹嘛？就好好住在這裏！欺負您的人，我已經打到他媽都認不得他了，不會再有人敢來欺負您了，您不用擔心了。」

老李和魏老爺子在一旁也說道：「您就別再擔心了，城裏的治安其實是很好的，像林國棟這樣的害群之馬畢竟是少數，這件事也足以提醒我們，得把基層工作做得更好。你不要顧慮其他的，放心吧，以後不會再有這樣的事情了。」

兩位老爺子自然是不希望金秀梅要舉家遷回鄉下，不過金秀梅說是那樣說，主要也是被兇神惡煞的林國棟確實嚇得夠嗆，但氣話說過後，也知道家裏現在的生意正上軌道，那可不是老家那幾畝地的橘子樹，說拋就能拋下的。兒子的幾個公司，財產可是上億，她數都不數清，所以，她剛剛說的不過是氣話加害怕罷了。

老爺子沉吟了一下，然後對魏海洪說道：

「老三，這樣吧，你讓阿昌就專職給小周的媽媽做司機吧，薪水給高些，以後外出就由阿昌陪著她們，這樣也有個照應。」

魏海洪想也不想，一口便應下了。

阿昌在後面也沒有反對，看到魏海洪的表情便低聲說道：

「洪哥，老爺子，我沒有問題，再說小周人很好，跟我們老早便像兄弟一般，只要他們家不嫌棄我，這差事就交給我吧。」

老爺子的安排，金秀梅本人還不清楚，因爲她並不知道阿昌的身手和能力，這可是專門服務高層核心領導的一級保鏢，雖然離職了，但能力仍是一流的。她以爲老爺子是專門給她配一個司機而已，給自己請司機，卻要魏海洪來付薪水，那還真是不像話。

想到這裏，正要出聲婉拒，周宣卻說道：「那就謝謝老爺子，謝謝洪哥，謝謝阿昌大哥了。」

周宣倒是不客氣，因爲他知道阿昌的能力不亞於傅盈和魏曉雨等人，這麼厲害的高手來專門陪伴保護老媽，那老媽以後絕不可能再發生任何危險了。

因爲金秀梅從不會與人爲敵，所以也不會有別的仇家，平時也只是出去買買菜逛逛街，最有可能遇到的麻煩，就是像林國棟這一類的花花公子或者地痞流氓，那些人由阿昌來對付雖然有點大材小用，不過，若是阿昌自己願意，那又是另一回事了。

阿昌跟著魏海洪，得到的照顧和報酬遠遠高於做保鏢的時候，而且又沒有了做保鏢時的危險，他年紀也快三十了，總有成家立業的想法。要是以前，這些想法幾乎不大可能，但現

在好了，照顧周宣的媽媽是很輕鬆的工作，畢竟金秀梅不可能天天出去逛街，就算出去也不會一整天，只要她待在家裏，時間就是自己的。而且，周宣的爲人，他極爲清楚，豪爽仗義，對自己絕不會差，自己跟著周宣更好過做生意和當上班族，還不會受氣。

金秀梅見兒子一口答應下來，那她也沒有什麼好反對的，只能默不作聲了。

醫院自然是不能一直住下去的，也沒必要讓醫院開什麼驗傷證明，扳倒林岳峰林國棟父子稀鬆尋常，不必要再準備那些證明文件。

周宣也不可能要林國棟賠償什麼醫藥費的，他也不會稀罕他的錢，周宣現在要的就是讓林國棟受到同樣的對待。

周宣想得還簡單了些。李爲和魏海洪的意思卻和兩個老爺子一樣，都主張把林岳峰父子連根拔起，因爲林岳峰本就是一個貪官，自然是趁機將他一次打垮，做到永無翻身的地步。

回去時，阿昌便開了一輛麵包車，載了周宣母子，傅盈、李爲、劉嫂等人都在車上。周宣和傅盈又仔細檢查了一下，金秀梅臉上只有些微的紅腫，要不細看，倒是看不出什麼傷，當即跟老媽和劉嫂小聲商量了一下。

金秀梅當然不願意回家後把這事跟丈夫兒子女兒再說出來，讓他們跟著害怕更不好，以後自己就儘量少出去逛街，就算要出去，那就讓阿昌陪著吧，既然魏家老爺子有那個心意，而周宣也接受了，那就這樣吧，免得出了大事讓家人操心。

傅盈見金秀梅受驚嚇確實厲害，一路上都扶著她，將她手握得緊緊的，心裏很是後悔，既然跟周宣結婚了，也避過了魏曉雨的事件，為什麼自己還不原諒周宣，還要跟他賭氣？要不是這樣，那她就可以在家陪著婆婆了，如果有她跟在一起，今天又哪裡會發生這樣的事？

一行人，除了金秀梅和劉嫂外，其他人都在自責著。李為則是極為狂怒，一顆心尋思著再找機會把那林國棟往死裏揍一頓。

其實他們都不知道，傅遠山押著的林國棟一行人，在半路上就給鄭兵等便衣士兵要了去，說是李雷有令，要用這些人一下。

傅遠山因為得到了魏海河的命令，不敢輕易放人，但他知道魏李兩家人的關係非同尋常，當下就打電話向魏海河彙報了情況，魏海河沉吟了一下，然後便同意了。

魏海河當然知道，李雷是想要出一口氣，當即也給他打了個電話，示意他別太過分，人要活著留給他。

李雷嘿嘿一笑，說道：「放心，肯定是活人留給你，不過，你讓你那邊的檢察機關就等著立刻辦案吧，我幫你把林岳峰的貪污腐敗細節都給翻出來！」

林岳峰和林國棟父子以及十四個手下驚恐得不得了。他們一開始被傅遠山的人逮住捉上車，現在又換到了比那幫更兇神惡煞的人手中，不知道要把他們帶到哪裡去。

林岳峰的臉色煞白，趕緊說道：

「我是關城區財政局長，是副廳級官員，別說我沒犯法，就算犯了法，只能由市委批示才能抓人，你們……你們沒有權力抓我……」

「啪」的一聲，鄭兵毫不客氣地就給了他一個響亮的耳光，喝道：「老實點，什麼有權沒權的，再說就給你一槍，打斷你的狗腿！」

林岳峰平時可是高高在上的，圍在他身邊的都是美女、狗腿，只會說拍馬以及吹捧的話，又哪裡遇見過鄭兵這麼兇狠的人？

見當然還是見過，不過都是他自己的人。林岳峰對付別人時，也是這般狠樣，只是做夢也不會想到，這種事會落到自己的頭上。

林岳峰立即緊閉了嘴，平時一副道貌岸然的樣子，背底裏其實只是一個男盜女娼的膿包軟蟹，鄭兵一個耳光便打得他不敢再說話，縮在車裏一角。

他的兒子林國棟此時已經被押到了另一輛車上，不知道是什麼情況。但想想也知道，只會比他更糟。他好歹只挨了一記耳光，兒子卻是早被打得如豬頭一般。

林岳峰心裏更沒底的，其實是劉副書記對他說的一番話。如今沒有了後臺撐腰出面，林岳峰就像是個沒爹沒娘的孤兒，不知道自己即將要面對的會是什麼。

但這群人雖然個個都是兇神惡煞的樣子，林岳峰卻隱隱猜到，這些人並不是流氓黑社會，不過又不大像警察，因爲警察應該是沒有這麼強的身手。這群人猜想應該是武警或者是特種兵之類的。

不過，林岳峰又很奇怪，軍方和地方上基本上是互不干政，他只是一個地方官員，又不是軍人，怎麼會有軍方出面來抓他？

林岳峰的確搞不明白，因爲周宣背後的力量遠遠超過了他的想像，他是怎麼也想不到的。

在車裏，林岳峰看著車子行走的路線越走越偏僻，心裏更是害怕，忍不住又問道：「你們……你們到底要把我們帶……帶到哪兒？」

鄭兵伸手就又是一記耳光，打得林岳峰嘴角血絲迸現，冷冷道：「不准說話，再說就抽死你！」

說實話，鄭兵雖然身手很強，但性情並不暴力，今天對林岳峰父子，鄭兵心裏卻著實有氣，從瞭解到事實的真相後，他便想動手揍林國棟，只是盡力克制著自己。

鄭兵雖然以前跟周宣沒有交情，但有些人只要一相處後，便知道個性。在騰衝應李雷的命令保護周宣，短短的幾天裏，他便十分清楚周宣的個性爲人，覺得他是個可以性命相交的朋友，甚至如自己兄弟一般。

這回，周宣的媽媽被林國棟打了，在聽到林家父子囂張的話語後，鄭兵便知道這傢伙根本是一個混蛋加八級的官二代，後來見到林國棟的老子林岳峰後，幾句話便顯露了林岳峰的官痞氣息，所以更是心中有火，雖然最終怎麼處置還輪不到他來做主，但在路途中，他可以整治一下林岳峰，這卻是舉手之勞。

所以，林岳峰只要一說話，鄭兵便伸手一記響亮的耳光。林岳峰被打得不敢再說話，什麼也不敢問。林岳峰本來就不是一個骨子裏硬朗的男人，別說用刑拷打什麼的，只要幾個耳光一扇，立刻便嚇得魂不附體了，你問他什麼，他都能把實話說出來。

鄭兵一行全部是深色吉普車，但車牌並不是軍牌，要查也是查不到的，因爲這些車牌都是假的。沿途全經過的是軍崗檢查口，林岳峰心裏一驚：果然是部隊中的人！

這讓林岳峰驚訝之極。當時的情景還歷歷在目，傅遠山接電話時，林岳峰就聽得很清楚，給他下命令的是市委書記魏海河啊，這可是他根本就不敢想像的人物，城裏地頭上的最高領導者，他的頂頭上司的頂頭上司！人家要踩他，不過伸伸手指的動靜，也許手指都不用伸，只要有那麼點意思，就有人替他辦了，足夠他受的了。

但後來，鄭兵說要把他們帶回去，傅遠山又打給魏海河彙報了，結果魏書記居然軟了下來。魏海河可是市委書記，能讓魏書記口軟的人，就算是軍方，那也是絕對的高層。至於高到什麼程度，豬腦子都想得到了。

又經過了幾個關卡，軍營都有牌子顯示，林岳峰一看便嚇得不行，這裏是衛戍軍區司令部，林岳峰一下子六神無主，自己怎麼給帶到這兒來了？

就算是軍官士兵違紀，那也用不著到這個地方來啊，他又算得了什麼？別看在城裏，他在自己的地頭上是要風得風、要雨得雨，但在這個地方，隨便提一個跑腿的出來，層級恐怕都要比他高。

看著站崗的士兵都是荷槍實彈守衛森嚴的，鄭兵等人的車卻是暢通無阻，這也讓林岳峰間接證實了，他們就是軍區裏的人。

林岳峰回想了一下事情的經過，覺得自己沒有惹到軍方的人啊，今天最大的問題就在於兒子打的那個老婦人吧，難道她是這軍區領導的什麼親戚？

林岳峰越想越覺得有這個可能。因爲出事後，一撥接一撥的人過來，來的人也是地位越來越高，而自己叫的人馬卻是莫名其妙態度逆轉，搞得他措手不及，這是今天讓他處於下風的最大因素。

現在回想起來，林岳峰才恍然大悟，一定是那樣的，否則傅遠山又怎麼會公然跟他翻臉？

傅遠山是知道他的背景關係很硬的，都敢這樣跟他撕破臉，如此不顧後果，顯然是有更

硬的後臺給他撐腰！而後，再結合自己的後臺劉副書記的警告，這就可以說明，今天替那個老女人出頭的人，不論是魏海河還是這個軍區裏的人，都不是劉副書記可以對抗的。

劉副書記的警告還歷歷在耳，讓他一個人把罪行承擔下來。現在，如果他把劉副書記扯下水的話，那他就是個死；若是不把劉副書記扯下水的話，自己雖然仍是個死，但劉副書記說會照顧自己家人，他的家人中，他最疼的就是林國棟這個獨生子，今天的事，眼看兒子是脫不了身的，劉副書記又何談照顧他的家人呢？

而且，在自己做的骯髒事當中，有很大一部分是老婆和兒子收受的贓款，只要事實一呈供，自己的兒子老婆都會逃不了身，如果一家人都進了牢裏，又談什麼照顧？

鄭兵等人把車一停，下車後就各自把他們提著，押進了一棟建築裏面，而後又把其他手下人關到別的地方，把他和他兒子林國棟關到一間屋子裏。

這屋子顯然不是牢房，一切設施倒像是辦公室或者會議室一樣，牆壁上貼著一些標語，正前方貼著畫像。

林岳峰和林國棟都不敢說話，也不敢坐下來，傻傻地相互瞧著。鄭兵哼了哼，然後站在邊上等候。

大約過了七八分鐘，林岳峰父子便聽到了腳步聲，走到門口時，一些人站在了門外，只有一個人走進房間裏面來。

林岳峰林國棟父子兩個人趕緊把身子挺得直了些，面上露出小心又恭謹的表情來。

鄭兵向進來的人敬了一個軍禮，大聲道：

「報告首長，林岳峰林國棟父子帶到。」

林岳峰和林國棟父子兩個人早已嚇得不行，連身子都顫抖起來。

林國棟可是從來沒見過他老子會有這種表情，在他心目中，好像他老子根本就沒有解決不了的難關，當時，他本以爲他老子一到，他的災難就算結束了，林國棟甚至還想要用各種各樣的手段來整治周宣和李爲這兩個揍他的人，但現在看來，這個仇，如何能報得了。

此刻，報仇的念頭已經顯得很不現實了，眼下還是看看怎麼能逃命吧。

第九十六章

不到黃河心不死

「我看你是不到黃河心不死啊，」李雷嘿嘿冷笑著，
對手下的士兵說道，「你們把林國棟的供詞拿過來給我看一下，
看看跟林岳峰的供詞是不是相同。如果有一點不相同，
馬上就進行第二套方案。」

進來的人自然就是李雷了，十分威嚴的一身軍裝。

他走到辦公桌前坐下來，先是掃了一眼林岳峰父子，然後伸出手指在桌子上輕輕敲動著，那有節奏的敲響聲，把林岳峰林國棟父子兩人的心都敲得一陣一陣的抽搐，但又不敢說話。

李雷沉靜了好一陣子，瞧著林岳峰，把林岳峰瞧得心裏直發毛，身子都哆嗦起來。

「哼哼，林岳峰是吧？」李雷靜了一陣，然後不重不輕地哼著說了一聲。

「啊……是是是，我就是林岳峰，請問……」林岳峰呆滯了一下，才趕緊連聲回答著。

「廢話少說。」李雷不是專業的問訊人員，加上地位尊高，說話向來是以氣勢取勝的，當然，他自己並不知道他身上帶有一種讓人不敢抗拒的威嚴氣勢。

「林岳峰，你自己犯了什麼罪，做了些什麼，你都明白吧？明白的話就自己說出來，免得我費勁。」

林岳峰怔了怔，然後搖了搖頭，說道：

「我……我不知道首長到底是指的什麼，也不知道自己犯了什麼罪，還請……請首長提示一下，提示一下。」

林岳峰這話顯然就是裝佯演戲了。他在位時這幾年都幹了些什麼，他自然明白。雖然他自己不敢開好車，不敢穿好衣服，也不敢把收受的貪污錢款存到銀行裏，一直算得上低調行事，但兒子和老婆卻是不爭氣，花錢如流水，而且是極爲奢侈，一點也不低調。

老婆開了一輛寶馬進口車，兒子開的跑車就有好幾輛，前個月還剛買了輛三百多萬的法拉利，說實在的，如果不是後臺劉副書記夠硬，之前檢舉他的事就很危險，差點把他拉下台了。

但劉副書記暗保了他，再把檢舉信都送到了他手中，讓林岳峰找到了檢舉者，結果當然是對檢舉者進行了長達一年的迫害。之後，檢舉他的人就漸漸少了，告不倒又吃虧的事，大家自然都懶得做了。

面對林岳峰的狡辯，李雷嘿嘿一笑，把手槍抽出來往桌子上一拍，對鄭兵說道：

「把林國棟拖出去斃了。」

鄭兵自然知道李雷是說笑話，但面前的戲卻是得演下去。當即走到林國棟身邊，一伸手把他扭住了，對李雷說道：「請首長放心，一顆子彈就夠了。」

林國棟嚇得面色大變，對他老子林岳峰叫道：「爸，救我，救我啊。」

林國棟十足的一個草包，林岳峰倒還是有幾分沒傻透，見鄭兵拖了林國棟就往外走，便顫顫道：「你……你們怎麼能……怎麼能說殺人就殺人呢，又不是殺手黑社會！」

李雷嘿嘿冷笑道：「嘿嘿嘿，這會兒你倒是曉得不能說殺人就殺人，你那會兒打人家老太太的時候，有沒有想過，這裏不是黑社會，不能想打就打，想殺就殺呢？」

林岳峰見兒子使勁扳著門檻邊掙扎，死命不跟鄭兵出去，當即又顫聲道：「首長，您就放過我兒子吧。」

李雷冷冷道：

「你兒子打老太太的時候，有沒有想過放過她？人家只不過是把你兒子的車弄髒了一點，又趕緊拿了紙擦掉了，你兒子怎麼就沒打算放過人家？你到場後，怎麼也沒有醒悟一下，反悔一下？想到的卻只是要教訓人家？」

林岳峰呆了呆，想說什麼卻又沒說出來。他的確是這樣想的，可半點沒想過會放過人家。他向來是這樣，睚眥必報，更別說有人把他兒子打成那副模樣了。

但現在的形勢顯然不對了，來到這個地方，只怕是叫天天不應，叫地地不靈了。不過林岳峰還是想到，李雷有可能只是恐嚇他們父子罷了，再怎麼說，也不可能就這樣把他兒子槍斃了吧？

不過，林岳峰也確實害怕，雖然想到李雷不可能真的開槍殺人，但要對他們進行嚴刑拷打，是絕對沒有半點問題的。林岳峰天生就不是個硬骨頭的人，只要動硬的，他馬上就吃不消了。

李雷哼了哼，對鄭兵使了個眼色。鄭兵當即鬆開了扭著林國棟的手，然後到門外叫了兩個士兵進來，指著林岳峰父子道：「把他們帶到練槍室去。」

兩個士兵「喀嚓」一下行了個軍禮，隨即一人一個，把林岳峰父子兩個人像提小雞一般提了出去。

林岳峰嚇得心裏砰砰直跳，林國棟更是嚇得魂飛魄散，耳朵剛剛聽得很清楚，是「練槍室」。那可是開槍射擊的地方，把他們父子倆都弄到那兒去，先不說是不是要槍斃他們，就說練練槍吧，那子彈可是沒有長眼睛，一個不好飛到他們身上，那還不是小命就丟了？

可是也由不得他們反抗和訴說，也根本就不給他們說話的機會和權利，兩名士兵一點都不費力地把父子倆逮到了練槍室。

這是一間專供軍隊領導休閒練槍的地方，與士兵練槍的靶場遠爲不同。士兵的練靶場是很寬大，而主管級的練靶場則要小很多，而且設施也相應高檔許多，爲了方便，主管級的靶場一般都設在室內，面積小，但設施更好更精緻。

這是一間地下室，大約有六七百平方，其實也不算小，只是李雷這些部隊長官看起來，就是很小了。

兩名士兵把林岳峰和林國棟扔到地上，然後站到兩邊等候李雷和鄭兵指示。

李雷在後面跟著，也到了練槍室。他把手槍掏出來，「喀嚓喀嚓」地打開保險，又朝前方瞄了幾下，然後直接開了兩槍。這兩槍就把林岳峰父子兩人嚇個半死。

李雷開了兩槍後，眼睛斜睨著林岳峰父子，冷冷一笑，道：

「林岳峰，你覺得我是在嚇你吧？嘿嘿，鄭兵，把林國棟拖到打靶處。」

鄭兵應了一聲，哪還說什麼，直接把林國棟提起拖到打靶處。

林國棟這一下嚇得真是屎尿齊流，一股尿液和臭味傳了出來，鄭兵惱得伸腳在林國棟腰間踢了一腳，罵道：「膿包。」

把林國棟扔到打靶處，鄭兵便退了回來，李雷把手槍遞給了鄭兵，說道：「你來，我休息一下。」

鄭兵心知李雷的用意。鄭兵是他手底下的特種部隊中槍法最好的一個人，打這室內的一百米靶，就跟玩似的，李雷的槍法自然是不能跟他相比。

鄭兵在一百米的範圍以內，用手槍自然是能精準到幾釐米以內，如果是用狙擊步槍，那更是能精準到一釐米。不過，距離就只能在五百米以內，超出了這個距離，準頭就會差一些，超過一千米後，鄭兵的把握就會下降許多。

把林國棟扔到打靶處，鄭兵不再理他，直接退了回來。到李雷和兩名士兵以及林岳峰站的位置時，遠遠的，林國棟已經忍不住號啕大哭起來，叫道：

「我不想死，我不想死啊，你們放了我吧，我什麼都說，什麼都說！」

李雷嘿嘿一笑，對鄭兵說：「早說嘛，就不用吃虧了。鄭兵，把林國棟帶到外間去，把供詞都錄下來，儘快。」

鄭兵得令而去，反身回到打靶處，把林國棟推到了風口浪尖上。林岳峰想叫也叫不住，想囑咐一下，讓林國棟硬一點，什麼都不要說，這樣或許還會有一條生路，但此時也由不得他了。兩名士兵虎視眈眈地盯著他，別說說話，就是身子動彈一下，都會引起他們的注意。

林岳峰知道，如果把他們父子倆分開，他自己還是可以矜持不說的，但兒子林國棟是個軟骨頭。當然，他也同樣是個軟骨頭，但自己知道輕重，這種事自然是不能說的，所以無論如何也會硬挺一下，說不定就挺過去了。

林岳峰對自己兒子還是相當瞭解的，從小嬌生慣養，要什麼給什麼，就是打個預防針，都要哭爹叫娘一番，更別說受什麼刑迫了。

所以他兒子很有可能一嚇唬就把所有的事都竹筒倒豆子般，一五一十給說出來，兒子和老婆收受的錢款，可是得到了他的授意和安排的，而且數目還十分龐大，所以他才會這樣擔心。

李雷本是想讓鄭兵嚇唬一下林國棟，然後再套供詞，但林國棟太膿包，竟然不用開槍便已經嚇傻了，要問什麼就說什麼了。

接下來換林岳峰了，李雷瞧著鄭兵殺豬一般地拖出林岳峰，嘿嘿直笑，然後揚了揚鄭兵遞給他的手槍，對林岳峰說道：

「我知道你嘴硬，想挺到最後，那好，我就給你三槍，如果三槍沒打到你，算你命大，

我送你走出去。」

李雷說這話時，一直審視著林岳峰。林岳峰早已面色慘白。李雷不再多話，退了幾步，然後把手槍一揚，對準了林岳峰。

雖然李雷的槍法怎麼樣，林岳峰並不知道，但林岳峰可以感覺到，李雷是真想開槍打他。無論打不打得中，他都已經怕到了極點，試想，又有誰會對朝向自己身體的槍口視若無睹呢？

李雷把保險打開，槍口瞄準了身前的林岳峰。

林岳峰不禁魂飛魄散。他距離這個槍口還不到十米，就算讓他來開槍，那也是打得中的機會要遠遠多於打不中，打不中才奇怪呢。

林岳峰嚇得情不自禁尿了褲子，用盡全身的力氣舉起雙手，擺出一副投降的姿勢，嚅嚅道：「我說我說……別開槍了……」

李雷冷冷道：

「兩個膿包，要說就乾脆點！老子拿著槍不開，正渾身不爽呢！」

林岳峰不敢惹怒李雷，只是哆嗦著，雙眼可憐地望著李雷。

李雷手一招，當即叫來兩個下屬，把林岳峰拖到邊上，然後說道：「把小亮叫過來記錄。」又轉頭對林岳峰嚴肅道：

「把要說的都說出來吧，別讓我再費力氣，要是惹得我再動手的話，可就不是現在這麼溫柔了。」

李雷說得很直接也很露骨，基本上就是明說，只要林岳峰有一丁點不配合，那他就會吃苦頭。

林岳峰在路上就已吃夠了鄭兵的苦頭，知道這些人不講理，想怎麼樣就會怎麼樣，一開始還覺得他們不可能真的開槍殺自己父子，但現在看來，只怕李雷真的會開槍，也敢開槍，自己要敢跟他硬抗的話，只怕是會吃更大的苦頭。

林岳峰不敢再跟李雷對抗下去，便把一部分情況慢慢說了出來。當然，他全是挑事輕的說，有重責的事情全藏起來。

李雷嘿嘿冷笑著，聽著林岳峰的口供，以他現在所說的供詞，都是些小事，根本傷不到他，就知道他還隱藏了很多事。

李雷是什麼人？林岳峰的鬼點子再多再精，那也瞞不過李雷。

「我看你是不到黃河心不死啊，」李雷嘿嘿冷笑著，對手下的士兵說道，「你們把林國棟的供詞拿過來給我看一下，看看跟林岳峰的供詞是不是相同。如果有一點不相同，馬上就進行第二套方案。」

林岳峰臉如土色，不知道李雷的第二套方案是什麼，但想來也不會是什麼好事了。

李雷向鄭兵遞了一個眼色，鄭兵會意，當即轉身拿出對講機說道：「四分隊，到練習廳集合。」

林岳峰心中惴惴，偷偷瞄了瞄李雷，但李雷面無表情，身後的兩名士兵背著手，就像兩根鐵椿一樣站在那兒。

接下來，踢踢踏踏的腳步聲傳來，霎時間，三四十個身著迷彩服的士兵湧進練武廳裏來，進來後便迅速集合起來，排列得整整齊齊的三排，每一排十二個人，不用數也知道是三十六個人了。

鄭兵轉身向李雷行了一個軍禮，然後大聲道：

「特種連第四排三班集合完畢，請首長指示。」

李雷擺擺手，淡淡道：「照平常的練習來一遍就好了，讓客人看一看我們的軍規血性。」

三十六名士兵立即轟然一聲，齊聲應道：「請首長檢示。」

鄭兵一揮手，三十六名士兵迅即又分成對立的兩排，一邊十八名士兵，鄭兵一聲「開始」，兩隊對立的士兵便即拳腳相加地搏鬥起來，拳拳到肉，響聲都能聽得出來。

林岳峰雖然沒練過這些，但見也見過所謂的練習，不過就跟扮戲一樣，可不會傷到人，練習的雙方都是留力試演一般，而現在，現場搏鬥的這三十六名士兵卻分明就跟搏命一般，受到重拳時，最多只是皺皺眉頭，但手底下卻不會慢半分。

而且，這些拳腳的用力程度，林岳峰幾可想像得到，便是木板紅磚等所謂的練功道具，只怕有多少就能劈碎多少。其中一些士兵嘴角都給打得噴出血來，但流血歸流血，沒有一個人停下來，或者閃到邊上去，三十六名士兵仍然搏命狠鬥。

林岳峰瞧得心驚肉跳，生怕李雷就此下令讓那些士兵動手打他，別說有三十六名之多，就算隨便一名士兵，那也能讓他吃盡苦頭。

李雷和鄭兵兩個人站在那裏，就如同一根冰冷的雕塑一般，一言不發。但只要李雷沒開口，那搏命的三十六名士兵仍舊會兇狠地拼鬥不休。林岳峰瞧到一些士兵幾乎已經鮮血淋漓了，但卻沒有一人呼痛，沒有一個人停下來，退出搏鬥。

林岳峰嚇得心驚肉跳，看著看著，忽然覺得有幾點雨滴濺到了自己臉上，伸手擦了擦，但隨即想到，這裏是地下室，四下裏都是封得嚴嚴實實的，怎麼可能有雨水落下來？

林岳峰當即把手拿到眼前一看，手背上鮮紅一片，原來，剛才擦的竟然是濺落過來的血滴，顯然是那些搏鬥士兵濺過來的。

林岳峰頓時驚得連退了幾步，再仔細看時，那些士兵哪怕鮮血淋漓，卻是更加兇狠，絲毫不爲傷勢所累。林岳峰何時見過這麼兇狠鬥勇的人呢？這疾風暴雨般的拳頭腿腳被林岳峰看在眼裏，便像是踢打在自己心裏，那痛苦的滋味就別提了。

李雷見林岳峰忽然支撐不住，雙腳一軟跪在了地上，這才淡淡道：「停了吧。」

李雷一聲令下，三十六名士兵才收手，接著「嘩啦」一聲，又整整齊齊地站成了三排，跟進來時的隊形一樣。這時，除了他們身上的血跡以外，一點都看不出他們是剛剛兇悍搏鬥過的人。

李雷點點頭，對他們的表現很是滿意，然後擺擺手。鄭兵當即道：「稍息，解散！」

三十六名士兵整齊地行了一個軍禮，然後散開了往外走，一分鐘不到就散得乾乾淨淨的。

林岳峰彷若見了天兵天將一般。這等硬朗的行事作風，他哪裡消受得了？一顆心已經透不過氣來。

其實，這只是李雷演給林岳峰看的一齣戲，震懾一下老奸巨猾的林岳峰。鄭兵手下的那些特種兵，身手自然是沒得說的，但打得鮮血四濺只是做出來的，是早就準備好了番茄汁等等藏在衣袖裏，綁在手腕上，袖口又扣得很緊，打來打去自然就鮮血四濺。

林岳峰自然看不到，士兵們打得是不亦樂乎，當然就把林岳峰嚇得少了半條命。

李雷瞧著跪倒在地上縮成一團的林岳峰，不禁覺得很好笑，一邊的鄭兵倒是先說了話：「姓林的，你知道你兒子林國棟打的人是誰嗎？」

林岳峰自然是不知道，搖搖頭看著鄭兵，眼神極是期盼鄭兵能告訴他原因，以免還在這兒瞎猜疑受折騰。

鄭兵便輕輕湊攏到林岳峰身邊，黑著臉低聲道：

「姓林的，你知道嗎，你兒子今天打的人是我們大當家的親家，是他親孫子的岳母！」

林岳峰聽得冷汗直流。

原來自己的混賬兒子惹到了這麼大來頭的人，難怪魏書記不敢多話，任由他們把自己父子抓到這兒來。以鄭兵所說的，林岳峰也想像得到，軍隊裏面是有軍事法庭的，完全不受地方約束。

這時候林岳峰才想到，自己在位時得罪的政敵可不少，這兩年斂財又太厲害，如果他遇到什麼事垮臺，落井下石的人肯定有一大把，要查他，只要到他家裏一抄，他家裏那些他自己都弄不清數目的巨額財產，立刻就會把他出賣。以他貪贓枉法的證據，就是槍斃十次都不算多的。

鄭兵的心理威嚇的確起到了很大作用。林岳峰就算比他兒子老練狡猾得多，但此時又怎麼鬥得過手握重兵的李雷?無論他說與不說，人家都可以把他們父子做掉，而不留半點尾巴，他就算再硬也沒用。

自己的手腳本來就不乾淨。像他這樣的貪官，基本上就是人走茶涼，在位時有人拍馬溜

鬚，一旦倒臺或者不在位了，自然就是樹倒猢猻散，落井下石也是正常的。何況這麼大來頭的人要治自己，而且還不是冤枉他，哪會有人來幫他？

李雷見林岳峰還在猶豫之中，便冷冷說道：

「我可告訴你，不論你說不說，對我來講，都無所謂！」

林岳峰更是臉如土色，一顆心七上八下的，不知道如何是好。這時，一名士兵進來，向李雷行了一個軍禮，然後說道：

「報告李副司令員，林國棟已經全招了，包括證據證物和錢財數目，一切都吐了出來，這是簽名供詞和錄音帶。」

李雷接了過去，拿在手中，也不把供詞打開看，只是冷冷地盯著林岳峰，林岳峰一下子就全垮掉了。

他好吃好喝、百依百順養大的兒子，就這麼輕易地就把他給出賣了，現在，無論他招不招，關係都不大了，因爲他兒子林國棟已經招供，那些錢財就是證據。就算自己不承認，再怎麼狡辯都沒有用。法律有規定，只要有實證，你不承認也無用，而且，那些實證又是他兒子供出的，也不是有外人勾結誣告他的。

林岳峰忽然間心灰意冷起來，人生一輩子得罪了李雷這樣的人，他的前途算是完了，再加上貪污的事，即使再巨額的財富，也不可能讓他好好地享受了。

「我說，我什麼都說……」林岳峰艱難地開了口，把自己能記得的事，一件一件的都說了出來。

宏城花園別墅，周宣服侍老媽喝了點粥，然後讓她睡了。

周瑩覺得奇怪，問道：

「哥，媽可是從沒這麼早睡的，在這個家裏，媽每天都是最晚一個睡，又是最早一個起來，怎麼今天睡這麼早？」

周宣淡淡道：「媽今天跟劉嫂出去逛街，腿走痠痛了，好像前幾年落下的風濕有些發作了，不過你不用擔心，我已經帶媽到醫院檢查過了，沒什麼大事，注意以後少走路，別凍著就可以了。」

「哦，那我明天給媽買點治風濕的藥回來。」周瑩見哥哥輕描淡寫地說，也就放心了。

李爲現在幾乎是長期住在周宣家裏，反正周宣這棟別墅的房間夠多，自傅盈的祖祖回去後，這家裏也沒有其他人，李爲來住，倒是給這個家增添了許多樂趣。

劉嫂受到的驚嚇也很大，雖然周宣極力安撫過她，但回來後，她還是精神不佳。李爲眼尖，也讓她早早睡覺休息，反正周濤回來得晚，不吃晚餐也沒事，剩下的人，除了周瑩不知道外，其他人都知道，也不會露餡，而周蒼松是住在古玩店裏，一周才回來兩天。

睡覺的睡覺，回房的回房，客廳裏就只剩下了周宣和傅盈兩個人。

傅盈嘆了一聲，擔憂地對周宣說道：

「我擔心媽，今天這件事對她打擊太大了，媽是那麼善良的一個人，這樣的事肯定不是短時間能忘得了的，我看……我看……」

周宣也是皺著眉頭沉思著，以金秀梅的個性，這事的打擊確實很大。林國棟那狗才，就算把他殺了自己也解不了氣！而且，無論把他怎麼樣，老媽受到的傷害都不能撫平，只有過一段時間，讓老媽來慢慢淡忘了！

只可惜自己的異能雖然厲害，卻不能把人的記憶抹掉，要不然，自己可以把老媽今天的記憶抹掉，讓她忘記今天遇見的經歷。

「我看不如這樣吧，」傅盈沉吟了一下，然後就說道：「周宣，以後我就專門在家陪著媽吧，反正這個家也不需要我去幹活掙錢，我就多陪陪媽，雖說洪哥安排了阿昌大哥來保護媽，但阿昌是個男的，他身手雖然好，卻不怎麼會照顧媽，以後有我陪著，她老人家就會好多了。」

周宣心裏一熱，伸手握住了傅盈的一雙小手，說道：「盈盈，我欠你實在太多了，這一生一世都還不完。」

傅盈隨口就道：「那好，那就罰你生生世世來還我的債。」

這話是傅盈隨意間脫口而出的，但一說出來後便有些羞惱，自己生他的氣都還沒有消呢，怎麼就不經意給了他好臉色呢？自己親口說要他生生世世都來還她的債，那不是要他生生世世來陪自己嗎？

當真是忍都忍不住，隨時都會忘記生氣的事。有時明明想著，但一轉眼就又忘了，就像現在。

周宣嘿嘿直笑，拉著傅盈往樓上去，一邊走一邊說道：「累了一天，好好休息吧。」

兩人邊走邊笑地回到房間裏，周宣依舊睡他的沙發，傅盈依舊睡她的床，兩人都很自然。

周宣也很奇怪，以前在別的地方，晚上總是睡不著覺，不是拚命練功，就是看書，可自從回家後，晚上睡覺不用練功不用看書，只要看到傅盈安靜地睡在床上，心裏就恬靜無比，覺得人生中最美妙的生活也無非就是這樣了，自然地就睡著了。

傅盈以前跟周宣單獨待在一起時會害羞，但現在居然也沒有害羞的念頭，之前還可以說是要在公婆面前扮戲，跟周宣裝成生活美滿的樣子，可到現在也習以爲常了，下意識裏覺得就是這樣，完全沒想到她還在跟周宣鬥氣。

現在看到周宣在沙發上安靜地睡著了，樣子就像個孩子一般，心裏不禁湧起無限柔情，雖然還在跟他生著氣，但心底裏自始至終便知道，自己永遠都不會拋棄他，永遠都不會跟他

真的生氣。

傅盈忽然間忍不住偷偷爬起來，輕手輕腳地走到周宣睡的沙發邊，然後又悄悄地坐在他身邊，定睛瞧著周宣熟睡的臉龐，愛意充滿整個胸間，柔情蜜意間，伸了手輕輕撫摸著周宣的臉龐。

周宣呻吟了一聲，動了動身子，傅盈嚇得呆了一般，一動也不敢動，周宣似乎在做夢，伸手碰觸到傅盈的身體時，自然地把傅盈摟抱起來，傅盈柔軟的身子讓他摟抱著極爲舒服。

傅盈嚇得不輕，周宣摟著她時，傅盈怕周宣驚醒，所以就順著他的手臂倒了下去，只是兩個人一起躺在沙發上就顯得有些擁擠了。

周宣舒服地摟著傅盈，一條腿架到了傅盈大腿上。傅盈又羞又惱，輕輕動了一下，又不敢使勁推他，但周宣雖然是在睡夢中，卻是摟抱得極爲有力，傅盈也掙脫不掉，只得隨他了。

這時與周宣面對面地摟在一起，傅盈雖然害羞，但看到周宣閉著眼，倒是少了一些羞意，又想到，這會不會是周宣故意借著裝睡來對她動手動腳？

傅盈又偷偷地看了看周宣，見他雖然閉著眼，但眼皮動個不停，傅盈明白，這是在做夢的表情，看來周宣是真的睡著了。

傅盈心裏一樂，只要周宣不是在裝睡就好，瞧著周宣熟睡的樣子很是陶醉，依偎著周宣的感覺也很好，雖然結婚時間很久了，但卻從未有過真正的夫妻生活，這會兒一起擠在沙發上，倒真像是夫妻了。

迷迷濛濛之間，周宣忽然輕吟了起來，聲音很輕很模糊，但傅盈隔得很近，聽得十分清楚，他嘴裏說著：

「盈盈，不要離開我，盈盈，不要離開我！」

傅盈一時間情思湧動，柔柔地低聲道：「我不會離開你，永遠都不會。」說著，更用力地摟住了周宣。沙發雖窄，兩個人就這樣摟抱著進入睡夢中。

第九十七章

隱形力量

當得知背後的人是魏李兩家時，劉副書記也是怕得要死，
現在只能是自求多福了，傅遠山自然知道林岳峰背後的隱形力量，
也跟魏海河隱隱提起過，因為傅遠山與周宣的關係，
所以也把自己當成了魏海河的人。

周宣確實不是裝的，而是真正睡著了，只是睡夢中夢到了傅盈，所以才會說那樣的夢話，這一覺舒舒服服睡了過去，醒來的時候覺得懷中有個柔軟的東西，睜眼一看，房間裏開著夜燈，燈光不強，很柔和，但能清楚地看到睡在懷中的是傅盈，不禁一怔，腦子都有些糊塗了。

看了看窗外，極淡極淡的亮色，大概才四五點鐘吧，天要亮未亮的樣子。

凌晨是一個人血氣最旺盛的時候，周宣是個正常的男人，自然也不例外，何況還有傅盈這麼一個千嬌百媚的美女跟他摟在一起呢。

周宣臉一紅，耳熱心跳的，以前見傅盈總是愛憐不已，此刻看到依偎在懷中的傅盈，那嬌媚的樣子分外誘人，一顆心頓時狂跳起來。

傅盈這個時候也剛好醒過來，正想伸手動一下，卻發現她竟然跟周宣摟抱在一起，呆了呆後，才想起夜裏自己到沙發上後就睡著了，也忘了回到床上去。

傅盈眼見周宣睜大了雙眼盯著她，不禁羞得滿面通紅，趕緊一推他便要起身到床上去，周宣哪裡肯放她跑掉，一雙手只是更緊地摟著她。

傅盈又羞又急，惱道：「放開我……放開我……」

周宣與傅盈的身體糾纏在一起，早起了反應，所以傅盈更是羞不可掩，只是用力掙扎，但身子竟然無法想像的軟弱，不知道怎麼回事，臉也發燙，一身力氣也不知道去哪裡了，周宣摟著她竟然沒辦法掙脫。

周宣抑制不住自己的衝動，抱起傅盈迅速衝到了床邊，把自己和傅盈兩個人的身體都扔在了床上。

傅盈掙扎了一下，此刻更是掙不脫了，周宣此時的力氣大得驚人，「撲撲」撕扯著傅盈的衣衫。傅盈的臉紅得幾乎要滴出血來，只是用盡了嬌柔說道：

「你……你放開我……」

周宣不鬆手，卻是伸嘴吻了上去，用嘴堵住了傅盈的嘴唇。傅盈「唔唔唔」的幾聲，然後漸漸就沒有了聲息，到最後，倒是跟周宣熱烈的熱吻起來。

周宣眼見傅盈雖然漸漸有反應了，但臉上還是羞得厲害，一雙眼始終不敢睜開，靈機一動，趕緊把被子蒙頭蓋到了頭上，兩個人就在被子激烈動彈，被子便如波浪一般，一陣一陣地波動……

直到完全靜止下來後，窗外的亮光透過窗簾將房間裏照亮了許多，天也快大明了。

周宣把被子輕輕揭開一部分，兩人身上都是光溜溜的，傅盈羞得臉如紅霞飛升，眼都不敢睜，兩個人身上全是汗水。

傅盈額頭上的汗水把幾縷髮絲都沾在了額頭上，周宣憐惜地用手指輕輕撥了撥，傅盈嬌

媚的臉蛋越發顯得柔美。

好一陣子，傅盈才睜開了眼，一雙黑漆漆如星辰閃亮的眼珠子羞羞地瞧著周宣，眼見周宣笑吟吟地望著她，忍不住張口在周宣肩膀上狠狠咬了一口。

周宣疼得齜牙咧嘴，但忍住了沒有叫喚，傅盈雖然裝得很兇狠，但實際上，這一口在咬痛周宣之前便已經鬆了口，真要把周宣咬得鮮血直流，她可是捨不得。不過，現在這個場景實在是太過羞人，覺得給周宣欺負得很了，不裝兇一點似乎太沒面子。

一個女人，在少女的時候都會很矜持，但若成了一個真正的女人以後，無論她裝得多兇，她心裏也只有這個男人了。

本來還在生著周宣的氣，卻是不知不覺反被周宣趁機攻佔了，傅盈咬了咬牙，忍不住又伸手在周宣胸口上敲打，惱道：「都是你，都是你，都是你！」

傅盈羞惱了一陣，卻見周宣始終是笑吟吟地瞧著她，於是伸手一推，準備坐起身起床，但一起身卻發現她和周宣兩個人都是身無寸縷，不禁「啊喲」一聲，用手擋住了胸口，然後又縮回被子裏，羞意無限地在被子裏把衣衫摸出來，但把衣衫拿到眼前時卻又傻眼了。

所有的衣衫都變成了一條一條的破爛布條了，哪還有衣服的樣子？傅盈這才發現，在被子裏摸出來的所有衣衫都給撕碎了，沒有一件能穿，甚至連完整的一片都難找到，除了那一整條被子。

傅盈這時才想到頭先那一陣的瘋狂，羞意頓時無法形容，顫抖地對周宣說道：

「你……你……到櫃子裏拿……拿衣服出來……」

周宣見到傅盈如此羞意難擋，倒是嘻嘻笑了笑，然後在傅盈唇上吻了一下，準備起身時，身上涼颼颼的，房間裏空調強勁，看了看，自己也是身無寸縷，倒是有些不好意思起身去拿衣服。

傅盈卻只是催促他：「快去快去！」

周宣忍不住好笑，雙手一攤，說道：「我也是光溜溜的啥都沒有，怎麼出去，要不……要不……我披被子去？」

「不行不行！」傅盈嚇了一跳，立即把被子抓得緊緊的，床上就只剩一條被子，如果周宣拿走了，那她還不得要光著身子坐在那兒了？

周宣苦笑道：「還是你去吧，你披著被子過去！」

「不行不行！」傅盈仍舊把頭連搖，急急說道：「你去你去，被子不給你……我……我保證不看你。」說著，把眼睛緊緊閉上了。

周宣又好氣又好笑，乾脆戲弄她道：「那你可不能看我啊！」

傅盈直是點頭，說道：「我不看我不看，保證不看！」

周宣嘿嘿笑著，從床上爬起來，跳到床下，到衣櫥裏隨手拿了兩套衣服出來，扔了一套

到床上，然後自己也穿上衣服。

傅盈一動也不敢動，仍舊閉著眼，周宣穿好了衣服才說道：「盈盈，你偷看我了吧？」

「沒有沒有，我沒有偷看你！」傅盈趕緊回答著，回答的時候，索性把頭都轉到了另一面，仍舊不敢睜開眼。

周宣嘆了口氣，說道：「好啦，我早穿好衣服了。」

傅盈這才睜開眼來，先是偷偷瞄了一下周宣，見他沒有撒謊，是真的穿好了衣服，這才看了看他扔在床上的衣服，伸手拿了，不過又盯著周宣道：「你……你轉過身去。」

周宣頭都大了，兩人都結婚成了夫妻還這樣害羞？但見傅盈眼睛瞪得大大地盯著他，只得苦笑道：「好好，我轉頭，我轉身。」說完便轉了身背對著傅盈。

傅盈咬著唇，羞怯無限地趕緊從被子裏鑽出來穿衣服，忽然間，周宣轉過身來哈哈笑著，看著她。

傅盈頓時大急，褲子穿到了腿彎處，因爲急，所以老是穿不上，周宣這一下轉過身來，傅盈光光的身子便即露在了周宣面前。

傅盈拉了幾下褲子但拉不動，羞怯的念頭變成了激動，羞急之間，頓時便大哭起來，惱道：「壞人！壞人！」

周宣本是覺得，既然跟傅盈成了夫妻，那以後就得如夫妻一樣的生活，可傅盈這麼個羞勁不是辦法，得讓她正常一點，所以在她穿衣的時候就忽然轉身，看著她的身子，她以後就會習以爲常了。誰想到傅盈竟然大哭起來！

這可是周宣沒料到的結果，趕緊舉了雙手道：「我投降我投降，盈盈，你別哭，你別哭，我閉眼我閉眼，我再轉身我再轉身。」

周宣說著閉了眼，又轉過身子，然後又加了一句：「我保證不會再轉過頭來。」

傅盈羞意一過，趕緊再穿了起來。

但剛剛那一下，讓傅盈仍是覺得生氣，想了想，覺得今天很是吃虧，身子也給他占了，什麼都給他看了，一個珍貴的處子之身就這麼沒了，如果是在當初結婚後給了他，那也沒什麼，但現在卻總是心有不甘。爲了魏曉雨的事，她心裏還沒有這樣的準備，沒想到因爲婆婆這件事，讓他們兩個人無意間突破了進展。

傅盈呆了一陣，然後又嚶嚶哭泣起來。

周宣摸摸頭，回過身來，見傅盈穿了衣褲坐在床邊直哭，嘆了一聲，走到床邊挨著她坐下來，摟著她腰肢，柔聲道：

「盈盈，我想我說什麼甜言蜜語也沒有用，你也知道我不是個會說話的人，但告訴你，我只想對你好，一輩子對你好，生生世世都對你好。」

傅盈止住了哭泣，她不用看他的表情，便知道周宣的話是打心底裏說出來的，雖然仍是

有氣，但傅盈還是忍住了，不再提魏曉雨的事。

畢竟，這時是周宣和她最甜蜜的時刻，雖然她表面上是在生氣，但從心底裏來講，她還是很快樂的，無論如何，她一直嚮往和憧憬的時刻總算來到了，只是沒想到會是在這一刻。

周宣柔聲安慰著，傅盈便輕輕地把頭靠在了他肩膀上，一雙手也環在周宣腰上，漸漸緊了起來。從傅盈的動作，周宣便知道她已經徹底原諒了他，慢慢把臉貼到傅盈臉上，兩個人相偎著。

傅盈幽幽道：「周宣，你說……我還能找回我失去的那段記憶嗎？」

周宣斷然道：「盈盈，無論你是哪個時間中的盈盈，我都只喜歡你一個人，只會跟你在一起，你有沒有那段記憶，我真的不計較。」

之所以不計較，是周宣知道傅盈又再愛上了他，只要是深愛的人，有沒有那段記憶，確實也沒什麼。

周宣說著，低頭又吻了吻傅盈的嘴唇，柔柔的，有些濕。傅盈不再害羞，任由他吻著自己，畢竟再羞的事，也沒有之前瘋狂的事令人害羞。

不過，傅盈看到周宣低頭望著她微微有些笑意，忍不住又問道：「你幹嘛這種表情？」

周宣這一下笑吟吟的，倒是沒再惹傅盈更羞，伸手把她胸前襯衣的兩粒鈕扣解掉了，然後再重新扣上。

原來傅盈急切間把襯衫的鈕扣扣錯了位置，上下不齊自然令人好笑，不過周宣的動作很溫柔，也不再笑話她，而是愛憐無限地看著她。

傅盈咬唇笑了笑，這樣的周宣，倒是令她少了很多羞意。

這時，窗外已經亮得耀眼了，一縷太陽光從窗簾的縫中透了進來，傅盈「啊喲」一聲，說道：「我得趕緊洗臉漱口，下去幫媽準備早餐。」

其實，每天的飯菜都是金秀梅幫劉嫂做的，因爲金秀梅起得早，又閒不住，雖然劉嫂做飯做菜從沒有要金秀梅伸手幫忙，但金秀梅總是幫她做一些準備工作，摘菜洗菜，或者做些小事，傅盈下去幫忙，同樣也是做這種小事。

傅盈說完，起身到浴室去，周宣笑了笑，把被子拉開，準備把那些撕扯爛掉的衣衫收起來，等一會兒偷偷拿出去扔掉。把被子拉開時，便見到了被單上一抹殷紅的血跡。

周宣怔了怔，隨即便想起了魏曉雨，那個同樣把身子完整給了他的女孩，如今，他得到了兩個純潔漂亮的女孩子的身體，這是一筆他永遠都無法還清的債。

周宣發怔時，傅盈似乎也想到了這個問題，臉也不洗了，跑到門口看到周宣發著呆，忍不住「哎喲」一聲叫了出來，然後急急地跑到床前，伸手便將床單捲起。

好在傅盈因爲害羞，並沒有注意到周宣的神態。在傅盈急急忙忙收起被單時，周宣才趕緊甩了甩頭，拋開了魏曉雨的影子，現在，他可不想再次傷害傅盈，再也不想離開她。

傅盈把被單捲起來，左右看了看，不知道藏在哪裡好，如果放到浴室裏，每天都要來巡查的老媽，肯定是要拿下去洗的，給她看到，傅盈自然是更加害羞了，所以這個一定要藏到婆婆找不到的地方。

想了想，傅盈便把自己那個旅行箱拿了過來，把被單藏了進去，然後把旅行箱放到櫃子邊的角落中，又在櫃裏拿了一條新的被單，鋪好了床後，又把那些撕得凌亂無比的爛衣褲收攏，找了個袋子裝起來。

周宣笑笑地接了過去，說道：「這個，我拿出去扔吧。」

傅盈紅著臉，但還是叮囑道：「別給他們看到。」

「這個簡單，」周宣說著，雙手一攤，手中的塑膠袋頓時給轉化吞噬得消失不見，傅盈忘了周宣是身有異能的，這時才想起來，原來事情簡單得很。

周宣又指著她藏被單的箱子問道：「那個要不要……」

「不不不……」傅盈趕緊阻攔道：「我要……要……放起來……」

周宣怔了怔，才明白爲什麼當初魏曉雨也是這個表情動作，原來女孩子都是那麼重視她們的第一次。

兩個人都洗漱完畢後一起下樓，周宣見傅盈走路有些不方便，顯然是太瘋狂的後果，有些憐惜地伸手去扶她。

傅盈當然是樂意的，但又怕給婆婆小姑小叔等人看到了會笑話她，尤其是還有一個大嘴巴口無遮攔的李爲，當即咬了咬唇，然後說道：「我自己走。」

周宣訕訕地退到一邊，做夫妻的時間並不短了，要說之前跟傅盈回來的那幾天，老媽或許還會注意這些，但經過昨天那件事後，老媽顯然就會分心了，而老爸和弟弟周濤自然是不會注意這些事的。

但傅盈就是害羞，那也只能由得她去了。

到客廳裏後，妹妹周瑩倒是起來了，反而是每天起得最早的老媽金秀梅居然睡了一回懶覺，沒有起身，周瑩伸手「噓」了一聲，輕聲道：

「哥，嫂子，別吵，媽難得還沒起床，就讓她多睡一會兒，嫂子，你跟哥在客廳坐一會兒，我幫劉嫂做早餐，一會兒就好。」

傅盈害羞道：「小瑩，我……我跟你一起幫劉嫂做早餐吧。」

「也好。」周瑩點點頭，嫂子跟她很要好，所以不會跟她客氣，也知道傅盈是個性子很直的人，不會做那些裝假扮戲的動作，不過瞧了瞧傅盈，又是奇怪地道：

「嫂子，你今天好奇怪，怎麼臉那麼紅？是不是我哥欺負你了？」

「沒有沒有……」

傅盈和周宣兩個人一齊搖著手急急地回答，其實他們兩個人都想偏了，周瑩所說的欺負，根本不是指男女間的那種事，而是周瑩一貫的語氣，只要傅盈生氣或者特別高興的時候，周瑩都會說是不是她哥欺負她了。

哪想得到傅盈和周宣之間剛好發生了這種事，她跟往常一樣的話，卻是被周宣和傅盈都誤解了，顯然是做賊心虛。

「哥，你肯定是欺負嫂子了，古古怪怪的！」周瑩歪著腦袋哼了哼，然後說道，「嫂子，你別怕，哥欺負你，你就跟我說！」

傅盈羞羞一笑，卻沒想到周瑩又補了一句：「我再跟媽說！」

這句話卻讓傅盈「撲哧」一聲笑了出來，周瑩的話真的很好笑，原以爲她說她要替自己做主，先說了一句狠話，最後卻是暴露了她的弱點，還是要跟婆婆說才有用。

兩個人有說有笑地到了廚房幫劉嫂做早餐。周宣在沙發上坐了下來，桌子上有一份早報，是送報的每天送到門外的信箱裏，劉嫂開門就會收進來放到桌上。

周宣看了一會兒報紙，李爲和周濤都起了床，金秀梅仍然沒起床，看來這一次的精神打擊很是傷神，否則金秀梅不會到現在還在熟睡。

李爲看到有周濤在場，自然不會提及昨天的事。

周濤依然如往常一般，跟周宣說了一些公司的事，周宣沒有什麼意見。在公事上，他現在越來越少發言，只要他不說，周濤就得自己做，這樣才能慢慢把他歷練起來，如果自己不在，公司只要有了周濤，也不會出什麼亂子。

公司和古玩店基本上都是按著正軌在進行著，所以周宣並不擔心。

周瑩和傅盈並沒有幫多少忙，劉嫂便做好了早餐。在擺早餐的時候，金秀梅終於起來了，臉上恢復了光鮮的顏色，顯然是洗過臉，只是眼睛四周的地方有點紅腫。

還是女兒家心細，這些細微的地方周濤沒注意，周瑩卻察覺到了，詫道：「媽，你眼睛怎麼了？好像有點腫。」

周濤這才仔細看了看，也點點頭道：「是有些腫，媽，聽哥說媽昨天逛得太久，腿腳風濕病發了，以後媽要少出去走。」

金秀梅強笑道：「知道啦，媽又不是小孩子，還用得著你們這麼叮囑嗎？」

「那可不行，」周濤笑笑道，「媽，小麗的爸媽都搬進了新居，所以我們也準備訂婚了，我想讓媽看個日子。」

金秀梅一怔，隨即露了縷笑容，說道：「好啊，你哥結婚了，下面自然就輪到你了，否則小瑩也等得急了，最好今年都辦了吧，免得我跟你爸憂心。只要你們三兄妹的婚事都辦了，我們兩個老傢伙就沒有別的事了，以後專門給你們帶小孩。」

周宣見老媽還能說這些話，證明心情確實是好多了，放下了心，然後大家一齊到餐廳吃早餐。

早餐是金秀梅和劉嫂提起的營養早餐，是由各種穀類煲的粥。

周宣喝了一碗粥，讚道：

「媽，這粥比八寶粥好喝多了，我看，我們家不如搞個營養粥加工廠吧，把媽和劉嫂煲的這種粥推出去，生意一定好到爆了。」

周宣的話把劉嫂和金秀梅都逗得笑了，兩人昨天被嚇得厲害，過了一夜，好得多了。

吃完早餐後，周瑩再幫忙收拾了碗筷，然後才與周濤、李為兩個人一起開車去上班，周宣準備就在家，哪兒也不去。

不久，就接到了傅遠山的電話。電話中，傅遠山說林國棟父子已經被李雷派人送了回來，另外十四名手下也都被送了回來，正關到局裏的臨時看守處。

林國棟父子已經完全招供了自己貪污受賄的事實，而傅遠山也讓幹警到林岳峰家裏搜查，搜查令是魏海河批示的。

讓傅遠山等人十分滿意的是，在林國棟家裏面竟然搜查到了四千萬的現金以及美金兩百多萬，名酒、名表、首飾更是無數，其中林國棟父子供出來的數目查實無誤，還有許多還未曾供出來的，但傅遠山猜測，倒不是林國棟父子不想供出來，而是供出來的那些，便已經夠槍斃他幾次了，再多或少都沒意義了，那些沒供出來的，極有可能是多到林國棟父子都記不起來的事。

因爲林岳峰貪污的事，絕大部分都是由他老婆和兒子林國棟經手的，所以一經查實，傅遠山馬上彙報給魏海河。魏海河當即批示，立即逮搏林國棟和林國棟的母親，而林岳峰由傅遠山移交給檢方，立即立案調查，直接跳過了雙規的手續。

雙規是指有人檢舉，而經查證有重大嫌疑時，才會下令雙規一個官員。在雙規期間由紀律委員會查實，確實有犯罪事實時，就會移交檢察機關立案偵查，最後才會到法院審判。

而林岳峰是副廳級官員，這樣的級別是要經過一些特別手續的，可不像普通人那般容易。不過，一切有了魏海河的指示批令，那就好辦得多了，甚至沒有半點阻力。當然，這也得力於林岳峰背後那劉副書記沒有插手的原因。

劉副書記其實在得知林岳峰貪污受賄時，便完全放棄了救他。這個時候可是非常時期，劉副書記又不是傻子，再鬥下去，只怕會把自己也糾纏進去，而且還極有可能被捲進去後就再沒有翻身的機會了。

當得知背後的人是魏李兩家時，劉副書記也是怕得要死，現在只能是自求多福了，要是還不長眼地硬要扯進去，那稍一不好，自己的前程便完了。爲了一個林岳峰，他自然是不值得把自己豁出去的。再說了，即使把自己豁出去，那也不夠塡這個巨大陷坑的，自己遠不是

那股勢力的對手。

傅遠山自然知道林岳峰背後的隱形力量，也跟魏海河隱隱提起過，因爲傅遠山與周宣的關係，所以也把自己當成了魏海河的人。

魏海河同老爺子商量了一下，最後還是決定不動劉副書記，一來這個人年紀大了，臨近退休，跟一個快要日落西山的老人鬥，確實沒有意思，二來，劉副書記多年的政治生涯，還是有一些人脈基礎，魏海河畢竟主政城裏還沒有多久，一切都還不成熟，基本上說，魏海河還沒有全面掌控城裏的局面，城裏的政治生態可是複雜得很，勢力紛雜，魏海河可不想牽一髮而動全身。目前如果出了亂子，他還掌控不下來，所以也得考慮一下後果。

傅遠山把林岳峰妻子兒子都逮搏歸案後，就只等上級通知了。

不過這一切，他都通知了周宣，因爲周宣才是這件事最重要的關鍵人，周家的事，只要他點頭了，那基本上就算沒有事。

傅遠山之所以通知周宣，是想問一下周宣，想不想再見一下林國棟，要不要再收拾收拾這個傢伙，多出一口氣。

周宣知道林國棟父子的前途算是完了，就算林國棟不蹲大獄，他的家庭也將從此跌落到最低谷，即使還活著，也足夠讓他痛不欲生了。

以林岳峰貪污的數目，就是不死，這一生也是不可能自由了，老婆和兒子雖然不是主犯，但也是明知故犯，犯罪情節都是極其嚴重，所以，即使是從犯，也會蹲監幾年以上，日子一樣不好過。

「他們去了你那兒，我就不必見了。呵呵，大哥，還是我請你吃飯吧。你找個地方，我過來會合。」

傅遠山笑笑道：「好啊，我也正想找個地方請你吃飯呢，有個人要見你。」

周宣詫道：「誰啊？」

「來了就知道了，反正是朋友。」傅遠山笑著回答，就是不肯說出來到底是誰。

周宣在電話裏回答著傅遠山，然後對傅盈和金秀梅說道：「媽，盈盈，我要請傅大哥吃飯，盈盈要不要一起去？」

「不去了，我在家陪著媽，再說，我今天覺得好睏，全身痠軟。」

傅盈隨口答著，忽然間想到自己說的話，臉一下子又紅了，不過偷偷瞄了瞄周宣和金秀梅等人，見沒有一個人在注意她，鬆了一口氣。

傅盈不去，要陪著老媽，自然更好。老媽經歷了這一件事後，要真正恢復還是需要一段時間的，傅盈又懂事又溫柔，金秀梅又特別喜歡她，婆媳兩個人在一起，比他在家陪著還好，所以不用太擔心。

而傅盈也不擔心周宣，因爲是傅遠山請周宣過去的。傅盈知道，傅遠山是絕對不會把周

第九十八章

接班人

在魏家，魏海河是魏老爺子最器重的兒子，
老三魏海洪是個花花公子，而大兒子的個性、悟性，
以及遇事的冷靜態度都遠不及魏海河，
所以，魏老爺子一直是把老二魏海河當成家族的接班人。

宣帶去亂搞或者做什麼危險的事的。

周宣對城裏的地面路況還不熟悉，所以沒有開車，而是搭計程車過去。

周宣在車上也沒有閒情觀看路景，他是個路癡，一個地方就算去過幾次，再去的時候也很會認錯路。

周宣不知道傅遠山那兒還有什麼朋友要一起吃飯，可能是他的得力手下吧，昨天老媽這件事，人家怎麼說也是出了大力的，自己請他們吃頓飯是應該的。

車子開了一個小時，周宣沒料到傅遠山竟然選了一個這麼遠的地方，出城外還有十公里，地方偏僻，兩邊儘是茂盛的樹林，樹林後隱隱看到的是菜地。

這裏是一個度假山莊，但傅遠山選的地方卻不是這個度假山莊，而是度假山莊的隔鄰，一個農家菜餐館裏。

餐館看起來還不小，占地極寬，但全部都是一層的竹木仿山林農家建築，讓人有一種進入了深山鄉下的感覺。

在農家菜館大院子裏停好車，菜館裏就有服務員迎了出來。

服務員是一個三十多歲的婦女，笑呵呵地問道：「老闆，幾位啊？要吃什麼？」

周宣搖搖頭道：「我有朋友在，一位姓傅的先生，請問……」

那服務員「哦」的一聲，趕緊道：「哦，是傅先生的客人啊，請跟我來。」說完，馬上就在前面帶路。

這服務員的動作和態度與那些大酒店中的服務生差了很多，但周宣卻覺得更自然些，因為這服務員看起來不做作，讓人有一種親切感。

服務員帶著周宣穿了幾進巷子，與外邊的餐廳隔得很遠了，甚至連服務員都極少見到了，顯得極為幽靜。

在一間綠色簾子掛著的門前，那服務員停了腳步，然後轉身對周宣說道：「就是這間了，先生請。」周宣笑笑點頭，然後掀開簾子進屋。

房間裏果真只有兩個人，一個是傅遠山，另一個人卻是魏海河。

周宣沒想到傅遠山所說的那個朋友，竟然是魏海河，呆了呆後說道：「魏……魏書記！」

魏海河表情看起來很是威嚴，但看到周宣時卻是微笑著擺擺手，指了指旁邊的椅子說道：「你不是公務人員，我也沒有上班，呵呵，你還是叫我二叔吧，聽起來會舒服一些。」

魏海河的確是沒把周宣當成外人。在魏家，魏海河是魏老爺子最器重的兒子，老三魏海洪是個花花公子，而大兒子雖然做到了不低的位置，但他的個性和悟性，以及遇事的冷靜態度都遠不及魏海河，所以，魏老爺子一直是把老二魏海河當成家族的接班人。

遇到事情，老爺子自然都會對魏海河和盤托出，尤其是周宣的事情。老爺子一再叮囑過

魏海河，周宣雖然只是個普通人，但他身上的特殊能力，是能夠對魏家起到重要作用的。

雖然並未與周宣之間有什麼功利關係，但老爺子要求魏海河把周宣當成自己家裏最重要的人來看待。魏海河遠比他大哥魏海峰深沉，老爺子都這麼看重的人，肯定也不會太普通，所以，魏海河平時便很注意周宣的事情，比如周宣提到的傅遠山，他就有意無意地提拔了起來，無形中給了他不少方便。

若不是魏海河暗中做了一些安排，傅遠山又哪能那麼順利地升遷？

此時，在這間小屋中，傅遠山倒是成了地位最低的一個，主動地泡茶添水。

周宣看到魏海河笑呵呵地瞧著他，當即也微笑回答道：

「那我就不客氣了，二叔！」

「哎……小周啊，我們之間一些事就不必提了，兒女之事我一向不太理會，呵呵，既然是來吃飯的，就別說那些嚴肅的話題了。」

魏海河一邊擺手一邊笑說道，「小周，坐下坐下……」

周宣坐在了他旁邊，傅遠山給他倒了一杯茶，然後微笑道：

「兄弟，你可埋怨老哥我啊，我是想先跟你說一聲的，但魏書記就是不讓說，我只好從命了。嘿嘿嘿，魏書記，請喝茶。」

傅遠山雖然竭力讓自己平靜一些，但跟市委書記在一起，而且是這樣子的私下場合，還真平靜不下來。

周宣笑笑道：「二叔，傅大哥，怎麼會想到跑到這麼遠的地方來吃飯？」

「當然是這個地方偏僻又不為多人所知了，魏書記喜歡清靜的地方。」傅遠山一邊回答，一邊又往壺裏倒水。

魏海河越隨便，傅遠山反而越不敢隨便，還想做得自然一些，但眼前這個人是市委書記，是他的頂頭上司，又如何能自然起來？不過，魏海河親和隨便的態度讓傅遠山輕鬆了很多。

傅遠山早已安排好，只等周宣一到就上菜。菜很普通，只是一個大盆子，揭開蓋子後，裏面是一隻蒸熟的全雞。

當然，這只是周宣認為的普通。這雞可不是普通的雞，而是在深山裏餵養的「蟲草雞」。顧名思義，這雞是很貴重的。

一般來說，雞分飼料雞和土雞。飼料雞最便宜，只有十來塊一斤，土雞就貴得多了，差不多要四五十塊錢一斤，而現在桌上的這種「蟲草雞」，卻是周宣想都想不到的名貴。

這雞一般餵養不大，成年雞也就三斤到四斤而已，一隻雞就要兩千塊左右，每斤能值七八百塊錢，是名副其實的「蟲草雞」。

服務員用小碟子裝了三碟沾醬，對三人介紹道：

「這蟲草雞是我們在山上專門餵養的，基本上是自產自銷，在市場上是有價無市，有錢也買不到的。這雞是用秘法蒸出來的，請三位品嘗。」

這蟲草雞是整隻蒸熟的雞，沒有切開，看來是要用手撕的，然後沾醬吃。傅遠山笑呵呵地撕了一條雞腿，送到魏海河面前的碟子裏，說道：

「魏書記，這菜館的習俗是一下子不能改變的，我們也就入鄉隨俗，用手撕吧，就當是做了一回野人，嘗嘗味道吧。」

傅遠山又撕了另一條雞腿放到了周宣碟子中，說道：

「兄弟，試試看，味道還不錯吧？」

隨後，傅遠山又指著桌上的其他田園青菜，說道：「再嘗嘗這些菜，都是這田地裏自己種、現採的，絕對的有機食品，從播種到採收，不灑一點的農藥。」

周宣笑道：「大哥，你把兩條腿給了我和二叔，那你自己又吃什麼？」

傅遠山擺擺手道：「我常來，吃過很多次了，但魏書記和兄弟是第一次來吧？」

周宣雖然經歷過很多事，也身有超強異能，但畢竟與魏海河在一起談話的時間極少極少，總共也才見過一兩次面而已，所以有點拘謹，找不到什麼話說。

周宣與兩位老爺子在一起時倒是很自然，李雷又是把他當兄弟看待，只是現在他兒子成了自己的妹夫後，這稱呼才強行換了過來，與他們在一起的時候，周宣從來就不曾感受到半點拘束。

這魏海河也不是等閒人物，雖然身分很高，但言行舉止倒是很隨和，說話也很睿智幽默，一點也沒有自恃身分看輕周宣和傅遠山的意思。

傅遠山一開始確實是很拘謹，但慢慢倒是好多了，說話也能答一兩句了。不過，魏海河的話，傅遠山能答一兩句，周宣卻是不感興趣，因爲都是些與他生活無關的事，雖說魏海河說不談政事，但無意中總會扯到一星半點。

店裏的酒也不是那種頂級的名酒，是兩百多一瓶的五糧液而已，不過三個人喝酒吃菜，顯得很融洽。

「遠山，目前工作上還好吧？」魏海河喝了一口酒，臉上有了些紅意，顯然，他的酒量並不是太好，隨口問著傅遠山。

傅遠山一怔，隨即趕緊又回答道：「還好還好，工作上都還順利。」

「那就好，嘿嘿……」魏海河笑了笑，又說道，「你上任時間雖短，但破的大案卻很多啊，在歷任公安局長之中，你算是能排得上號了。最近老袁調到了部裏，你有沒有什麼想法？」

傅遠山呆了呆，魏海河的話讓他腦子一下沒反應過來，好一陣子才想明白，他說的老

袁，應該是自己的頂頭上司袁則之袁局長吧？袁局長上調的調令，上個星期就下來了，廳裏三個副廳長，包括市局的幾名副局長早就都坐不住了。

市局的公安局長，那可是正廳級別啊，一般由政法委書記兼任，所以說，任上這個局長，那就是城裏地頭上的員警系統第一人，就算傅遠山資歷淺不能入常委，那也能助魏海河掌控員警系統了，只是這些人上下活動之際，唯獨傅遠山像是置身事外，沒事人一般。

其他兩個副廳長和副局長可是都要更上一層樓的。按照往常的情況來看，市局局長調走，接任的最大可能性是從副廳以及副局長和幾大城區局長中提拔。

城裏不比其他地方，一個如此重要的位置空出來，可不僅僅只有這幾個副廳副局長候選人，可以說，各股勢力都會盯著這個位置，一任地方上的書記，在位上如果不把公檢法、財政、紀委、組織部等等重要部門掌握到自己手中，那基本上就不能執行第一書記的權力。

周宣不是體制中的人，自然不明白這其中的道理，魏海河自任市委書記以來，行事並不十分得心應手，除了紀委是他的人外，其他重要部門都不是與他走得近的人。最近，老爺子倒是暗中替他發了一下力，調任了一個組織部長到城裏來，這樣，魏海河在常委中便有了三票，比起以前，那是要好了許多，但總的來說，力量還是很薄弱。

這一次袁則之調任，魏海河眼中最看重的一個位置空了出來，自然是要有些動作了。然而，各方面的勢力都在蠢蠢欲動，誰都盯著這塊肥肉，所以，魏海河也並沒有太大把握。

但這事顯然是不可不爲的，如果能拿下這個位置的話，那他的砝碼便會重了許多。對於一個第一書記來說，員警系統可以說是他的左膀右臂，是必須控制在自己手中的重要棋子，否則如何展得開手腳？

只是這人選的問題，魏海河想了很久，最後便想到了傅遠山頭上。

如果讓他自己選的話，有幾利：一是傅遠山本身是城裏副廳長，由副廳提拔爲正廳，順水推舟；二是傅遠山是周宣的人，那幾乎就是他的人，周宣別看因爲魏曉雨的事現在有些遠離魏家，但魏海河明白，血濃於水，魏曉雨有身孕的事，老爺子跟他們幾兄弟已經都清楚了，而周宣是個重情重義的人，所以目前沒必要將他逼得太過分，既然還沒有一個好的解決方法，不如先把此事放著再說。

但就目前的情況看來，魏家和周家可以說是一家人，說得準確點，周宣其實欠了魏家一個很大的人情。而傅遠山對魏海河就更沒話說，之前傅遠山調任副廳，就是因爲魏海河暗中助了一臂之力，否則城裏公安局副廳的好位子，又哪裡輪得到傅遠山頭上？

不過，要提傅遠山任正廳，現在也面臨幾個難題：一是傅遠山剛剛被提拔爲副廳長不久，根基不牢，要論資歷，別說調外頭的人進來，就是在本地提拔，另外幾個人都要比他資深；第二個難題是，魏海河要想安插這樣一個重要位置，可不是由他一個人說了算的，還得在常委會上提議，然後得常委中半數以上的票通過後才算數。魏海河目前在常委會上能掌控

的票數還不到三分之一，所以，對提拔傅遠山的事並沒有把握。

不過，但凡政治佈局，放手去做雖然不一定贏，但不去做卻是一定輸，魏海河可是魏系人馬中最重要的一個人，老爺子把他當成家族接班人的，他本人自然也有極強的能力，否則就算有老爺子推手，他也不可能能做到這個位置。

魏海河之前在西部一個省任省委書記，在職五年，把一個窮省辦得十分熱鬧，好評如潮，所以在調任城裏的時候，老爺子只使了一半力便成功了。

不過，城裏自然也是水深火熱的地方，老爺子知道魏海河雖然成功任上了市委書記，但成功調任並不等於勝利，並不等成功。在西部的時候，魏海河執政有爲，主要還是軍政兩方面得心應手。

政壇上，老爺子的舊部不少，而軍方，在西南任職的是李雷，西南軍區的重要人員幾乎都是老李的舊部，所以，魏海河在職期間做得紅火，得心應手，主要是因爲沒有什麼阻力。

而林岳峰的問題一查下來，魏海河便可以趁勢發難，責成紀委插手，調查財政系統。林岳峰雖然只是城裏一個城區的財政局長，但他背後牽扯出的大咖卻是很多。魏海河要的就是這個結果。他不想把林岳峰背後的人連根拔出，但須狠狠一擊，讓對方知道一下自己的分量，是很有必要的。

這樣，對方即使勢必棄卒保帥，保住了體系內最重要的人，但起碼也能在這個節骨眼上搞得對方人仰馬翻，焦頭爛額的。

魏海河就是要趁熱打鐵，一舉把城裏的財政大權也拿下。這件事，說起來還得全靠周宣，如果不是林國棟這個花花公子對周宣老媽動手，他還沒有縫能插進去。只是，這一石投水便驚起了千層浪，以這件事爲起點，老李和老爺子同時動手發難，魏海河如果能趁亂一舉拿下財政和員警的兩顆棋子，那他在常委會中就有分量了，再加上組織部和紀委，這樣一來，市委書記的威嚴也才能真正樹立起來吧？

不過，飯是得一口一口吃，路也得一步一步地走，只要拿下這兩個位子，以後辦事情那就容易得多了。所以，魏海河今天把傅遠山和周宣一起找來吃飯，再把有些話隱隱挑明一些。當然，以他這個位置的人，什麼事都不會說得太明，不會說得太死，能不能領悟，還得看傅遠山自己了。

不過，魏海河還是相信老爺子跟他說的話的，而且，經過很多事情以後，他也明白，周宣的能力的確對他們魏家非常重要，有時候，他或許就是重如泰山的一隻砝碼。

雖然傅遠山的提任面臨很多論資排輩的問題，但魏海河十分清楚，傅遠山上任和提升後，辦的案件都讓上層耳目一新。

一開始，魏海河對傅遠山的提拔還讓有些人頗有微詞，但如今，那些有微詞的人都已經閉了嘴。

傅遠山破案的能力，在歷任人選中，即使最傑出的官員也無人能及，即使是在全國的人才中也挑不出幾個來，別人當然以爲這是傅遠山的能力出眾，但魏海河卻知道，傅遠山本身能力雖也很強，但如果缺少了周宣的背後輔助，絕不可能會強到現在的程度。

歸根到底，周宣對傅遠山的升遷是起了重要作用的，而周宣不可能再花同樣的心力再去幫助其他人。所以說，魏海河對傅遠山的任職有極大的把握。起碼他能保證，傅遠山上任後，不會是一個沒有任何做爲的人。

不管在什麼情況下，有大功勞的人，總是最有希望的提升對象，如果周宣再幫助傅遠山破幾個特別重要的大案，別說是幾個，就是再有一個，那也夠傅遠山這次提升用了。

如果是這樣，魏海河也可以用公正的姿態來回應各方勢力，任人唯賢，而不是任人唯親，論資排輩的老規矩是可以打破的，不拘一格降人才才是真功夫嘛。

對於魏海河的態度，傅遠山怔了一會兒才明白過來，原來魏海河是想提任他爲公安局長，於是，他猶豫了一下回答道：

「魏書記，這事……說真心話，我要是不想，那是騙人的。不過，袁局長調任後，其他幾位副廳都在活動，市局的人肯定也在活動，我是半分沒動，因爲我明白我的資歷不夠，這次想上去恐怕是沒什麼可能吧。所以，我把人家用來活動的精力都拿來做事，反正這些事總是要人做的，多做些事，多些經驗，總是好的吧。我個人的觀點是，正常競爭的話，我絕對坦然面對，絕不會示弱，幹了這麼多年警察，破了這麼多案子，能力應該還算是夠的，起碼工作勤奮努力；但要讓我自己去活動個官當當，那我還真有點不知道從哪兒入手了。」

魏海河以欣賞的眼光瞧著傅遠山，手指在桌子上點了點，微笑道：

「不錯，你能有這樣的想法，我很贊同，我以前也是跟你一樣的想法，年輕時衝勁大，但越到後來，碰的壁就越多了。這時才明白，有理想有抱負是好的，但理想和抱負絕不可能僅靠一腔熱血就能完成，還要腳踏實地，你越想爲老百姓做些真事實事，就越是要站在更高的位置上，而你所在的位置越高，你就越能瞭解百姓疾苦，越能實現自己的理想。當然，高處不勝寒，要想站在高處替老百姓辦點實事好事，那首先得把自己鍛煉成一個遊刃有餘、百毒不侵、心懷天下的超級戰士，你明白我的意思嗎？」

魏海河說得激情澎湃，但傅遠山眼中卻是悵然一片，只是微微點了點頭，然後說道：

「魏書記，確實是，很多事，我是心有餘而力不足，體制中不是說我想幹什麼就能幹什麼的。」

魏海河淡淡一笑，又說道：

「這便是事在人爲了。遠山，今天在這裏，小周也不是外人，我是把他當成了我親子侄一般，呵呵，所以我這樣對你說吧，如果你想爲了理想，幹一些實事，那你就跟著我吧！我

這次是有意提拔你，但難度相當的大，這我也不瞞你，能不能成功還是未知數，但有些事，無論能不能成功都得去做。現在你跟我說，有沒有想跟我一起爲老百姓做事的想法？」

周宣雖然不是體制中的人，但聽了魏海河一席話，禁不住熱血湧動起來。魏海河真不愧是一個天生的領導人物，就是說話，也比一般人有藝術。

傅遠山臉一紅，不過不是害羞，也不是害怕，而是激動，霍地一下站了起來，呼呼地喘了幾口粗氣，然後才沉沉地道：

「魏書記，您做主吧！我幹！能不能提升我都無所謂，只要如您所說，能跟著您，真正爲老百姓做些實事好事，我就一百個願意！」

魏海河呵呵一笑，伸手要去拿酒瓶。周宣眼尖，一伸手便拿了，然後站起身來，將三個杯子都添滿了。

倒了酒後，周宣才笑笑道：「二叔，你說的話真是讓人熱血湧動啊，說得我都想來做官了，可惜我才疏學淺，做不來官的。」

魏海河哈哈一笑，不知是取笑還是正經地說道：

「你想要做官，那還不容易？不過是你自己不想做罷了。以前我倒是知道，我父親的一個部下，在國安特勤組曾邀請你到國安任職，對不對？那時你可是自己婉言相拒了啊，現在還來跟我說想做官！」

周宣頓時尷尬起來。那件事給魏海河一提便想起來了，以前，藍高層倒確實是邀請過他，不過被自己拒絕了，還在納悶著魏海河是怎麼知道的，原來是老爺子的關係。

魏海河也不再提這事，笑笑著又道：

「遠山，合作愉快！」說著，魏海河便率先伸了出手。傅遠山趕緊伸了雙手與魏海河握緊了。兩人間的話題也就在這一次握手中達成了。

之後，魏海河擺手示意兩人都坐下來，鄭重道：「遠山，提升的事，其實主要還是靠你自己，如果你能在這幾天內，給自己增添一兩件讓人眼前一亮的業績，那我就能順水推舟，事情就會容易得多。」

傅遠山怔了怔，問道：「要我自己做？」不由得心想，就幾天的時間，自己能怎麼做？就是去跟別的常委遊說培養感情，那也需要一段時間啊，況且，這也不是他的長處，更不是他願意做的事。

「這還得要小周幫忙。」魏海河指了指周宣，笑而不語。

「我？」周宣也怔了起來，自己小老百姓一個，能幫得上什麼忙？要說自己認識的人，除了魏家人，就是李家人，也就這兩家權力大。

不過，要說遊說李家，魏海河又怎麼會要自己去說？他跟李家的關係便如同一家人一

般，根本用不著他去說什麼。

傅遠山也不明白。於是，魏海河笑笑道：

「遠山，你之前升任副廳時，我雖然是暗中助了一臂之力，但主要還是靠你當時破除了一些難案大案，又成功制止了那起爆炸案，如果不是這份大大的成績，即使我要幫忙，那也不是易事，所以我說……」

傅遠山恍然大悟道：「哦，我明白了，魏書記，您是要小周老弟再幫我破一件極重要的大案？」

魏海河嘿嘿一笑，舉起杯子道：「喝，乾一杯！」

傅遠山和周宣都同時鬆了一口氣，如果是要他們低三下四去求人，那他們還真是不願意的，但如果說要周宣幫助傅遠山破個大案，那倒不是難事，反而破案是傅遠山最喜歡做的事。

而魏海河正是想讓傅遠山從政績入手，展示自己，然後，他在後邊一推手，事情也就水到渠成了。

傅遠山瞧了瞧周宣，把酒一口乾掉，沉聲道：

「好，魏書記，這事不用您吩咐，平時我也是這麼做的。我也跟您交個底，我成功破了那些案子，其實真正的功臣是小周老弟！我只不過是冒了他的功而已。小周老弟不願出面領功，所以這些榮譽才會落到我的頭上。不過，看到一件一件的大案獲得偵破，冤案得以申雪，我是真的很高興，就算升不了官，我也沒有半分怨言，繼續努力就好了。」

魏海河笑呵呵地又看看周宣，說道：

「小周，你的意思呢？」

周宣自然是沒有半點問題，先不談他跟魏家的關係，就是傅遠山，他也得鼎力相助。之所以與傅遠山做到這般鐵一樣的關係，就是之前他想爲自己打個硬底子，現在看來，這樣做是絕對有必要的。不說傅遠山能辦多少實事，僅自己家遇到林國棟這樣的事，便是個極好的例子。

現在，社會上像林國棟這樣的人不只一個，今天他扳倒了林國棟，明天還有趙國棟、周國棟、楊國棟……能把傅遠山升得越高，就越能保證自己家人的安全。魏海河他們說的是爲老百姓辦多點實事，但自己可就庸俗得多了，他首先考慮的是自己家人，這也是人之常情，人不爲己，天誅地滅啊！

第九十九章

下馬威

劉興洲不過是想給周宣一個下馬威而已，
因為周宣的調令他一早便接到了，
而且統管刑偵的副局長那兒也沒有什麼說明，
因為副局長也不知道是什麼情況，
他根本查不到周宣的情況，這就有些奇怪了。

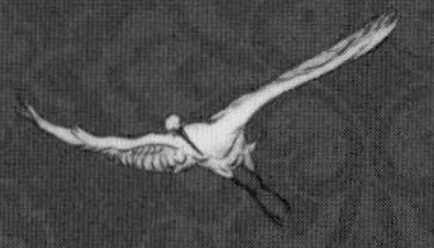

「我當然沒問題，反正現在閒在家裏沒事，生意上的事，我也懶得管。不如跟傅大哥活動活動，也很好玩。」周宣笑呵呵地回答著。

魏海河忍不住笑意，喝了一小口酒，然後說道：

「這事，遠山，你要抓緊時間，市委常委會就在三天之後，所以，我只能給你三天時間。三天之內，你要給我破個大案出來。另外，小周在你那裏進進出出的，可能會惹起一些不必要的麻煩。我看，最好給他安排個員警的身分，我再提議你暫時代理市局局長職位，到時候你跟小周同時到市局。」

這個對於傅遠山來說是小事一樁，給周宣安排一個員警身分並不難。而魏海河安排他與周宣同時調入市局，的確是一步好棋。現在，調他入市局只是代職，這點權力魏海河還是有的，關鍵是，一般像這種情況下代職的人，有八成以上的可能會任實職。所以，傅遠山調入市局代理局長職務，哪怕只是代理，也會讓其他有想法的人產生警惕，使傅遠山的升遷面臨一些不可預測的難題。

魏海河現在走的是一步險棋。他調傅遠山進入市局暫代局長職務，就是要把傅遠山頂到他們眼前，頂到風口浪尖之上。這步棋，危險是有點危險，因為，只要傅遠山做不好，就會把魏海河帶進一個泥潭。但魏海河就是要賭這一把。

其實，他賭的並不是傅遠山，他賭的是周宣。而周宣以一個普通警察的身分進入市局，自然不會引起注意，低級別的幹警調職進出是很正常的，市裏面的高層也絕不會去注意這樣的小事。

魏海河這一步險棋，其實就全押在對周宣能力的認可上。他信任周宣的能力，這是其他人不可能想像得到的。只要傅遠山能在這幾天內做出驚人的成績，就可以一舉堵住其他人的嘴巴，市局局長的位置，魏海河就能以熟悉業務並有超強能力爲理由，正式讓傅遠山任職。

無論常委會上其他人怎麼想，傅遠山畢竟是戰功赫赫，而且，若是能在這麼短的時間內再立新功，那無疑會PK掉所有對手。公安局長嘛，當然是要以在員警戰線上展露出卓越能力的人任職才是最佳選擇，所以，儘管有時也會在這個位置上出現權力鬥爭，但候選人還是要有真材實料，才會有更大的把握和機會。

三個人最後是醉醺醺地結束了這頓飯，尤其是魏海河和傅遠山，兩人的心情都非常好，此行的目的就算是達到了。

在農莊外的停車處，兩個男子看到魏海河、周宣、傅遠山三人出來，趕緊跑上前來，一個向傅遠山低聲道：「傅廳長。」另一個扶著了魏海河，沒有說話，將他扶往一輛黑色奧迪上去。

他們一個是傅遠山安排的人，是他的親信，專門來開車的；另一個是魏海河的警衛。魏

海河是配有專職安全警衛的。

魏海河有些醉了，向周宣和傅遠山擺了擺手，然後就靠著座椅靠背閉上了眼。那警衛關上了門，然後對傅遠山和周宣行了一禮後，開動了車子。

等魏海河的車緩緩離開後，周宣和傅遠山才上了車，傅遠山的手下開車駛出農莊。

傅遠山比魏海河的酒量要大得多，頭腦還很清醒，而周宣一開始有些醉，但剛剛出來的時候，運起異能將體內的酒精轉化吞噬了，腦子立即又清醒過來。

傅遠山見到周宣走出來的時候還有些偏偏倒倒的醉意，但一上車，一雙眼就清澈如水，酒意消失得乾乾淨淨。

若是換了一個人，會以爲周宣是裝醉的，但傅遠山卻明白，他這個兄弟不會去扮這個戲，尤其是在魏海河和他面前。這無疑是周宣的個人能力，那個讓他無法想像的能力。

有周宣在，傅遠山心裏就很踏實。有幸的是，今天還得到了魏海河魏書記的親自請吃飯，這都是因爲周宣的關係。看來自己走這一步還真的沒錯，確切地說，應該是自己祖上有德吧，因爲是周宣找上他的，這一切，都只能以運氣好來形容了。

周宣把酒氣吞噬完，表情馬上就精神起來，笑問道：「大哥，要不要我給你醒醒酒？」

傅遠山笑了笑，說道：「好啊。」

傅遠山是想用身體親自感受一下周宣的奇特能力。以前只是看到和想到，卻沒有親自感受過，周宣現在自己這麼說，不如就順水推舟了。

不過，傅遠山以爲周宣要伸手來給他把脈，或者像是武俠電影中演的那樣，運功把手掌貼在他後背上，但等了一會兒，卻沒見到周宣有任何的動作，不禁詫問道：

「老弟，你不是要給我醒酒的嗎，怎麼沒動作？」

周宣雙手一攤，笑道：「好啦，大哥，難道你還沒感覺到？」

傅遠山一怔，摸了摸下巴，說實在的，他可是真沒感覺到什麼，不過，甩了甩頭，檢查了一下，卻發現自己頭腦真的無比清醒，而且沒有半分喝酒後的麻木感覺。

傅遠山知道雖然自己酒量很大，但只要一喝了酒，他就能清楚地感覺到，自己腦門一帶就會有些麻木的感覺。而現在，傅遠山清楚地知道，自己絕對沒有喝酒後的感覺，問題是，他明明知道自己喝過酒，而且還喝了不少——他們三個人一共喝了兩瓶五糧液，每人至少是七兩左右，雖然這點酒是不會醉人的，但喝酒後的麻木感卻是存在的。

周宣到底是怎麼動的手呢？傅遠山真的無法想像。以前，他就知道周宣的能力很特殊，現在可以說是親身體會了。

「兄弟，真有你的，老哥弄不明白你的超能力，不過，老哥我也不想弄明白。」傅遠山一邊說，一邊讓他的手下把車開往宏城廣場，先把周宣送回去，然後他自己才回去。

現在時間尙早，才下午兩點左右，魏海河回去開會，而傅遠山回單位上等候他的通知，

當然，同時還要把周宣的身分和調令弄好。

若是正科級幹部以上的調令，傅遠山就沒那麼輕易好弄了，必須得經過正常的程序才行。但像周宣這種不需要任何級別的，辦個假身分，再設個廳級以上主管才有許可權查閱的資料檔案，基本上不會露出什麼馬腳。

低級別的員警沒有許可權查不到，高級別的主管又怎麼會來查他這麼個無名小卒？

周宣回家後，阿昌在花園中擺弄花草。在魏海洪那兒，他是每天陪著老爺子整花弄草，來這兒後沒別的事，他也閒不住。

客廳裏，傅盈和劉嫂正陪著老媽金秀梅看肥皂劇。有傅盈的陪伴，金秀梅明顯的好很多了。

在家待了一天，第二天，周宣起了一個大早，等待傅遠山通知他。不過，卻沒有等到傅遠山的消息。周宣也不好意思催問，恐怕他還沒弄好，也說不定魏海河那兒並沒有通過對傅遠山的代局長的提議吧。

一直到天黑也沒能等到傅遠山的消息，周宣便知道，今天不會有通知了，乾脆就放開了這個念頭，晚上陪著家人玩到十二點才睡。

傅盈也不再要求周宣睡到沙發上了，臉紅地上床睡下，背對著周宣。周宣自然明白，笑嘻嘻地脫了衣服，然後關燈鑽進被子裏，一把摟住了傅盈。傅盈嬌哼著，略微掙扎了兩下便任由他去了。

一晚的瘋狂纏綿，讓周宣睡得死死的，本來可以睡個大覺的，卻很早就被電話吵醒了，睡眼朦朧地睜眼拿起手機，一聽，是個陌生人的聲音：

「周先生是嗎？我是傅廳長派來給您送東西的，就在您家門前。」

周宣一怔，一點兒也沒想到傅遠山居然來通知了。昨天等了一天，他也沒來通知，今天準備睡大覺時，他卻來通知了。

周宣趕緊起了床。傅盈早就起床陪金秀梅做早餐了。

周宣快速地洗臉漱口，然後又快速地到樓下。大門口，來送東西的人周宣認得，就是前天給他和傅遠山開車的那個年輕人。他笑笑著對周宣敬了一個禮，並遞上了一個小紙箱。

周宣請他進屋坐一會兒，那年輕人禮貌地回答道：「不了，周先生，傅廳長說把東西交給您後，再送您到市局去，我就在門外等您。」

周宣見他不進屋，只得抱了紙箱子進屋，打開後，紙箱裏面是兩套警用服裝，有員警編號，還有配套的員警證件。

周宣笑了笑，心想：自己這下成了警察了。老媽和傅盈問起來時，周宣只說是傅遠山請他在局裏幫幾天忙，所以這幾天他到公安局上班。

傅盈倒沒說什麼，她知道傅遠山肯定是有難題，只是叮囑周宣要小心些，金秀梅就沒那麼多想法了，兒子好好的生意不做，卻要去做什麼警察。不過，對於警察這職業，金秀梅倒是不排斥。

等周宣從房間裏穿了制服出來後，一家人都不禁直了眼。

周宣穿了一身警服，顯得很是威嚴很有氣度，周宣自己也不禁讚道：「多麼威嚴帥氣的警官啊！」

「臭美！」傅盈笑罵了一聲，然後又叮囑了一番。

「沒事，又不是到深山水溝去，只是在市局裏待著，能有什麼事？」周宣笑著搖搖頭，然後擺擺手，出了門。

那名便衣仍舊是開了傅遠山的那輛奧迪，把周宣送到市公安局大樓前。

周宣下了車，走到公安局大門口。警衛看周宣有些眼生，微微示意了一下。周宣當即把調令和工作證遞給警衛檢查。

警衛點點頭，原來是新來的員警。在公安局，可是不會有人來冒充警察的。

以前，傅遠山在東城分局時，周宣是去過的，近二十層的辦公大樓，其他還有宿舍等等。公安局的建築都很宏偉，市公安局的規模就更大了，大圍牆裏面建築眾多，而辦公大樓就有十層高。

周宣在大廳裏找到服務窗口，裏面的辦公人員全是穿員警制服的女子，有的戴著捲簷帽，有的則沒戴，挽著髮髻，基本上都化了妝。

周宣把工作證和調令遞進一個窗口，說道：「你好，我是來報到的。」

他遞的是二號窗口，那女警正跟旁邊一個同事說話，嘰嘰咕咕的話聲很快，似乎在說什麼十八樓的那個張蕾好神氣，太臭美……。

她說話的聲音很低，但再低也擋不了周宣的耳朵，這讓周宣心裏直嘆，女人啊，絕大多數都是長嘴長舌，除了說三道四，還是說三道四。

那女警眼都沒看周宣，隨手接過了證件和調令，拿到面前時，眼睛只是略微掃了一眼，然後手指劈裏啪啦在鍵盤上一陣敲打，看了看說道：「十九樓刑偵四組。」

說完，女警才正眼看了看周宣，眼睛裏有些奇怪，不過沒有問什麼，只是把證件和調令還給了周宣。

周宣接過後說了聲：「謝謝。」然後直接往電梯口走去。

在等電梯的時候，周宣探測到那女警又在電腦上調出資料檔案，然後輸入周宣的名字，結果卻是「無許可權查詢」的字樣，不禁有些奇怪。

這女警一早便收到通知，說會有一個刑警來報到，是調到刑偵四組。這裏可是市公安

局，能調來的普通員警不是沒有，但都是普通職位，但凡有級別的位子，可都不是普通人，市局的刑偵組可不是一般人想來就能來的，刑偵組的幹警如果指派下去，至少都是一個派出所的所長。

那女警可是看過周宣的證件，周宣的級別很低，幾乎是最低層級的員警，這樣的人，又怎麼會調入到刑偵組？

正奇怪的時候，那女警又跟同事嘀咕起周宣的事來。周宣嘆了嘆，在她們這群人中，八卦是永遠的主題，還是少聽爲妙。

這時，電梯也下來了。周宣等門一開門就走了進去，伸手按了一下十九樓的按鈕，然後站到裏面。外面陸陸續續地進來七八個人。

乘電梯的七八個人中，只有一兩個穿警服，剩下的都是穿著便衣。不過，周宣探測得到，這些人全都是員警，因爲雖然沒有穿警服，但皮帶和皮鞋卻是標準的警用品，電梯中也沒有女子，全是男人。

到周宣要去的十九樓時，中間停了五次。十九樓卻只有周宣一個人下電梯，所以出了電梯後，走道中也只有他一個人。

走道很清靜，大樓占地至少有一千個平方左右，在走道中間的地方，周宣看到的是一個十字岔道，每一個走道有一個牌子，上面是「刑偵一處」，「刑偵二處」，「刑偵三處」，

「刑偵四處」。

原來，這一層是市公安局刑偵四個處的辦公地點，周宣自然是不用多想就往刑偵四處的方向走去。

走道中的房間門上都貼著標誌牌子，如「刑偵辦公室」，「技術室」，「資料室」等等，到後面才是幾間處長辦公室、會議室等。周宣到處長辦公室門口停下，然後伸手敲了敲門。

裏面的情形，周宣自然是不用看便探測得到，房間裏是標準的辦公室模樣，牆壁兩邊是資料櫃，靠窗邊是一張大的辦公台，辦公台後坐著一個四十多歲的男子。

聽到敲門聲，裏面那男子頭也沒抬地道：「進來。」周宣輕輕推開門，進去後走到辦公台前，那處長依舊沒抬頭，低頭看著他手上的資料。

周宣可不是普通人，異能探測著這個處長的氣場，發覺這個處長並不是很平靜的心態，而且連呼吸都似乎屏住了。

從這一點來看，周宣可以肯定，這個處長並沒有在看手中的資料，而是在暗暗注意著他，現在的平靜模樣，只不過是裝出來的。

在辦公桌面的右角處有一盒名片，周宣探測到，這個處長的名字叫「劉興洲」。

周宣把調令和證件放到辦公桌上，然後說道：「處長，您好，林城幹警周宣來報到，請

處長指示。」

劉興洲依然沒有抬頭看周宣，嘴往邊上一呶，淡淡道：「先放那裏。」

周宣也就把調令和證件放到辦公桌上，然後靜靜地等待。

劉興洲不過是想給周宣一個下馬威而已，因爲周宣的調令他一早便接到了，而且統管刑偵的副局長那兒也沒有什麼說明，因爲副局長也不知道是什麼情況，他根本查不到周宣的情況，這就有些奇怪了。

劉興洲一頭霧水，通常能調到市局刑偵組的幹警，都是精英中的精英，而這個周宣，除了查不到身分外，其他的條件看來都是普通得不能再普通的了。這樣的一個人，又怎麼會調到刑偵組來？

再查了查員警系統的人事資料，輸入周宣的名字後，電腦螢幕上顯示的依然是「許可權不夠」。劉興洲又疑又氣，不夠許可權查詢的人，只能是來頭極大，或者是重案要案的臥底，這讓劉興洲就有些不舒服了。刑偵四組是他的地盤，任由一個外人隨便進來，自然是極令人不爽的事。

劉興洲有意冷落周宣，裝作看文件，把他晾在一邊。又過了四五分鐘，周宣只是淡淡笑著，這劉興洲看個文件，四五分鐘了都沒翻過一下頁面，顯然就不是真看了，這麼做的目的，不過是讓他難堪而已。

周宣又不是一定要在警界裏發展，來只是爲了幫傅遠山，算是配合魏海河的佈局而已，跟一個小小的刑偵處長自然是沒有什麼値得鬥氣的。

任由劉興洲處置一下就好了，周宣一點都沒有激動難受的意思。這件事，大概傅遠山一時也沒想到。

傅遠山本身不是在市局工作，而是在省廳，他自己也是初來乍到，自然不可能想得那麼周到，也許現在根本就顧不過來。周宣不想給他添麻煩，最多不過是受冷落而已，沒必要節外生枝，只爲爭一個面子。

過了幾分鐘後，劉興洲終是忍不住抬起頭來看了一下周宣。周宣的冷靜沉著讓他有些迷惑。周宣的眼神很清澈，彷如一可見到底的小溪，但看到底的同時，劉興洲又有些迷失了，因爲他根本就看不清周宣的情緒。

這種極其矛盾的念頭在劉興洲腦子裏糾纏，搞不好，這個周宣是某個上級的公子，下來鍛煉鍍金的。

劉興洲一想到這個，心裏立刻一驚，要是莫名其妙得罪了上級的公子，那他的日子也不好過啊。再說，今天又有新來的代局長到，劉興洲還要詢問一下副局長有什麼指示呢。老局長剛剛調走，這個局長的空缺位置，盯著的人可是多得很，劉興洲當然是希望與他走得最近

的楊副局長升任。

但這樣的事，他也只是想想而已，這些事已經遠超過他的能力範圍，對於劉興洲來說，他是既幫不上忙，也不知道該怎麼幫。

現在，看到周宣不卑不亢的表情，劉興洲更有些心虛了，於是，一瞬間就轉變了念頭，臉上立即堆起了笑容，呵呵道：

「哦，是小周啊，嗯，我剛把手頭的文件處理完，快坐下，坐下說話！」

周宣有些詫異劉興洲的轉變之快，在劉興洲的示意之下，他轉身到邊上的茶几邊坐下來，動作表情都很自然，一點也沒有低級員警見到高層的拘束和緊張。

周宣的自然表情顯然讓劉興洲更為確認，周宣是一個有來頭的公子哥之類的人，於是，他把檔案一扔，當即站起身到茶几邊坐下來，一邊泡茶，一邊漫不經心地問道：

「小周啊，之前在林城嗎？」

周宣淡淡一笑，然後說道：「處長，如果您問我之前的經歷，我只能說抱歉了。」說著，他用手指了指天花板，說道：「上頭……上頭嚴禁我透露任何消息，我的經歷，只能用四個字來回答處長：『國家機密』。」

劉興洲一怔，冷汗都差點出來了，難怪查不到，而楊副局的許可權都查不到，看來這人還真是不簡單，難道是局長調走後，被有能力、背景夠強的人派來當先鋒的？

這是市局，又不是情報局，根本就用不著臥底探查，除非是其他的局長競爭對手派來找破綻的。

劉興洲給周宣倒了一杯水，然後訕訕地道：

「呵呵，既然是這樣，那我就不問了。我先給小周介紹一下我們四組的情況吧。我們刑偵四組，一共有十三個人手，目前來講，一般是兩個人一個小分隊，除非是指派的重大案件，才會集合全組人員一起辦，其他情況下，一般是兩人一組，小周呢……」

周宣微笑看著劉興洲，一直沒有答話，顯然是在恭候劉興洲的吩咐和安排。

劉興洲沉吟了一下，忽然拿起了桌上的電話，撥了一個電話出去，然後拿起電話說道：

「老吳，嘿嘿，我劉興洲，……沒別的事，想找你借一個人，暫用吧……小張，張蕾，嗯，那好，你讓她馬上到我辦公室來。」

周宣不知道劉興洲要幹什麼，不過人家是處長，要幹什麼那也是他的事。

劉興洲打完電話之後就一直沉吟著，周宣也不便打擾他，只是靜靜等待著。一兩分鐘後，門外就響起了敲門聲。

劉興洲臉上頓時湧起了笑容，說道：「進來。」

門「嘩」的一下被推開，走進來一個穿著警察制服的女警，個子高挑，看起來至少有一米七，長相極爲漂亮，一雙眉毛斜斜入鬢，看起來就是那種火爆野蠻的美女類型。

周宣想，她可能就是劉興洲電話中的那個「張蕾」了。不過，周宣對美女基本上是絕緣的，張蕾雖然漂亮，但與傅盈、魏曉雨姐妹這幾個女孩子一相比，那就要遜色一籌了。

那女警一進門，幾步就走到劉興洲面前，咬著唇問道：

「劉處長，聽陳處說，是你把我借調到你們四處來，到底有什麼事？」

周宣忍不住暗暗發笑，這個張蕾，如果不是因爲她是一個女孩子，這樣的口氣，只怕哪個主管都不喜歡。

劉興洲眼角微微一皺，不過馬上又笑道：

「呵呵，小張啊，借調你過來，當然是有任務了。」

「有任務就好，反正別把我當花瓶，我們陳處長就老是不給我活幹，我可不想老待在辦公室裏。」張蕾氣呼呼地回答著，說話一點也沒有顧忌的意思。

劉興洲嘿嘿嘿地尷尬笑著，掩飾了一下，然後才對張蕾說道：「小張，這次是有任務的。這位是小周，叫周宣，新調來的，你暫時跟小周搭檔，有意見沒有？」

「跟他？」張蕾這才注意了一下周宣，疑惑地又問道：「你……把證件給我看一下。」

說著，她用手指著周宣，一點也沒有客氣的意思。

第一〇〇章

超級員警

張蕾見到劉興洲這般神秘的模樣，
再瞄了瞄周宣，眼神便有些不同了。
超級員警，這幾個字眼只在成龍的電影中見到過，
真人真事她還沒見過。這個毛頭模樣的員警，
當真會是個「超級員警」麼？

張蕾也是有些瞧不起人的意思，就算再不懂，但員警服裝上的標誌是有級別的，而周宣的警服標誌是最低層級，她就有些疑惑了，能調來市局刑偵組的幹警絕不可能是普通員警，這個周宣……

周宣有些愕然，沒料到這個女員警跟她的外貌絕對是兩個極端，說話行事似乎不經過大腦一般，怔了怔後，還是把證件遞給她看了。

張蕾一看，周宣的證件上明明白白寫著：「二級警員。」

可以這樣說吧，二級警員是員警裏的最低級別，警校剛分出來的，都是叫二級警員，在派出所幹上幾年後，就會升到一級警員，之後再慢慢地一級級向上升。而周宣的級別分明就是最低的，所以張蕾才會驚訝，這樣的一個人，又怎麼會調到市局來？

「我不幹。」張蕾只是沉吟了一下，隨即便斷然拒絕，一點也不給劉興洲面子。

劉興洲臉上頓顯尷尬的表情，又瞧了瞧周宣。周宣也沒有半點在意。張蕾答不答應跟他合組，都不關他的事，就算沒有人願意跟他一組也行，反正他來就是爲了傳遠山而來的，做事靠他自己的能力，別人瞧不瞧得起有什麼關係？

劉興洲訕訕笑著走到辦公桌後，在電腦鍵盤上敲打了幾下，然後向張蕾招了招手，說道：「小張，你過來一下。」

張蕾氣呼呼地走過去，板著臉道：「說好話也不行，還要我來帶菜鳥啊，不可能！」

「你看看這個。」劉興洲指著電腦螢幕，輕輕說著。

張蕾偏頭看過去，劉興洲在搜索欄裏輸入了周宣的名字，但螢幕上面顯示的是：「你的查詢許可權不夠」。

張蕾在五處時，做得最多的便是資料管理，之前在別的地方幹的也是檔案資料工作，因此對此很熟悉。劉興洲的電腦，自然是他的許可權了，他可是一個正科級幹部，他都不能查詢的人，那就有些奇怪了。現在，就算是查詢一個分局副局長，資料也是公開的，而周宣一個普通的警員，怎麼會查詢不到？

劉興洲看到張蕾有些懷疑的目光，當即附在她耳邊低聲說道：

「小張，我可告訴你，這個小周是一個超級員警，是專查密案大案的，老陳不把你放下去做事，其實也是因爲沒有大案子，這次輪到你有好事了！小周的身分就是秘密，若你跟著他一組，查的就都是大案，而且，他這個人身手可是極爲厲害的，你能學到不少東西啊！不過我也提醒你，一定不要在眾人面前炫耀這件事啊。」

「真的？」張蕾又驚又喜，一雙俏眼疑惑地望了望周宣，然後又盯著劉興洲，說實在的，她對劉興洲的話還是半信半疑的。

劉興洲自然是騙她的。周宣的身分連他自己都不清楚，又怎麼能對張蕾說清楚？不過，這個張蕾也是市局裏出了名的難搞，所以劉興洲才起意要把他倆放在一起。

張蕾出身於一個員警世家，父親和叔叔都是省廳裏的官員，所以對警察這個職業情有獨鍾，但因爲她是一個女孩子，又是一個極漂亮的女孩子，所以家裏人對她的員警工作並不太認可。女孩子嘛，危險的事還是少做的好，所以把她弄到了市局來，危險性自然就小了很多，平時只讓她做做管理資料的工作，幾乎是將她完全鎖在了辦公室裏。

張蕾又哪裡願意，爲此經常跟陳處長鬧，要跟組出去辦案，但稍有危險的事，陳處長就不讓張蕾做，這讓張蕾氣得不得了，但又無處申訴，到哪裡說也沒有人理她。

當然，不是別人不理她，而是人家都知道她家裏的安排，不讓她涉險。人家陳處長也是爲她好，所以不論她找到哪個主管，主管們都是對她一笑置之。

張蕾自然是有氣沒處撒，久而久之，脾氣也養壞了。其實，一開始從警校畢業時，她的個性還是蠻好的，現在是被所處的單位主管和同事氣的。

劉興洲一想到周宣極有可能是太子爺，或者是極有背景的人物時，當即便想到了張蕾。而當他向陳處長借人時，陳處長便一口答應了下來。

張蕾雖然漂亮，但是個不能得罪的人，又不能讓她涉險，但把她關在辦公室裏，她又鬧得不行，在手中極是爲難，聽到劉興洲跟他借人，便像是謝親爹親娘一般答應了。

張蕾見到劉興洲這般神秘的模樣，又看到他電腦上的查詢結果，當即有些相信了，再瞄了瞄周宣，眼神便有些不同了。

超級員警，這幾個字眼只在成龍的電影中見到過，真人真事她還沒見過。這個毛頭模樣的員警，當真會是個「超級員警」麼？

周宣見張蕾盯著自己猜測著，心裏也有些好笑。劉興洲的話音雖然很低，但自然是瞞不住他的，而劉興洲還有另一種想法，周宣的來歷太神秘，他也不想得罪，把張蕾借調來跟他一個組，倒真是絕配，一來張蕾漂亮，年輕男子自然喜歡，二來張蕾和周宣都有些來頭，把他們兩個組合到一起，上級們也只怕是沒得說吧？

周宣是無所謂的表情，只是等候劉興洲的安排。而張蕾一開始是不同意，不過，經劉興洲這麼一說，遲疑了一陣便同意了。

張蕾同意跟周宣搭檔，還有一個原因，就是她覺得周宣看自己的表情有點太過冷靜沉著了。而一般人看她，只要是男人的，都會緊緊地盯著她，色相畢露，而周宣竟然只是隨便瞄了她一眼後，便不再瞧她。而且，她感覺得到，周宣絕不是裝出來的，是真的一點都不在意她。

這讓張蕾有些挫敗感，同時又被激起了很多好奇，心裏暗想，這個周宣如此低調如此冷靜，搞不好還真如劉興洲所說，就是一個「超級員警」！

所以，張蕾馬上就轉變了態度，興高采烈地答應了劉興洲的安排，說道：

「劉處，我同意和他一組了！不過，我們要從什麼案子入手呢？」

劉興洲摸了摸下巴，正想著要找什麼托詞的時候，辦公桌上的電話響了，趕緊接了起來，這個電話是局長辦公室打過來的。

「我是傅遠山代局長，你是劉興洲劉處長吧？」

「是是是，我是劉興洲。」劉興洲一怔，隨即趕緊回答著，「傅局長，有什麼事情嗎？」

傅遠山淡淡地說道：「沒什麼別的事，我剛到市局，對市局的情形也不瞭解，我想從你那兒調一兩個人手過來幫忙，你派兩個人來吧。」

劉興洲又呆了呆，隨即大喜，這不正好合了自己的心意嗎？要是自己現在把張蕾和周宣這兩個麻煩人物扔給新來的代局長，那豈不是最好的結果？

周宣是新來的，對市局的情況肯定不熟，而張蕾是個花瓶，不論她自己怎麼想，所有人都沒把她當成真正的員警看待，把他們兩個組合到一起，本已是一件讓他和老陳都鬆口氣的好事，而現在，新來的代局長又向他要人，那除了把這兩個人丟給他，他又能幹出什麼更令自己滿意事來呢？

劉興洲一時激動，完全沒想到，市局這麼大，新來的代局長怎麼就剛好打電話到他這裏來要人？

「你們兩個，我說吧，就是做大事辦大案的料！你看看，新來的代局長找我要兩個人幫手，你們兩個去吧！」劉興洲笑吟吟地說道。

周宣倒是不動聲色，他知道，傅遠山肯定會找一些合理的藉口把自己調到他身邊，但張蕾他就搞不清楚了，不過清不清楚都無所謂，反正能到傅遠山身邊出力就行了。

張蕾倒是驚喜起來，代局長要人要幫手？跟在局長身邊，那發言權自然是遠比劉興洲和陳處長大多了，要是到局長那兒做事，接辦大案子的機會也就真的是來臨了。

「好啊，我們這就到代局長那兒報到吧。」張蕾性子急，一點兒也不像個女孩子，一聽到劉興洲的話後，當即就要叫周宣一起去傅遠山那兒報到，摩拳擦掌地想要接個大案子辦辦。

劉興洲是市局楊副局長的親信，對於傅遠山的到來，他肯定是有排斥心理的，傅遠山現在來跟他要人，他自然就要派最危險最不能用的人去，能幹又聽話的好手，自然是絕不會派過去給他的。

周宣對這個劉處長自然也是沒多大的好感。他一開始對自己是一副瞧不起的表情，後來又是不想貿然得罪的樣子，然後又叫了個野蠻女跟自己搭檔，到最後乾脆把他們兩個推給傅遠山就算完事了。

傅遠山是剛來代任的，這個劉興洲顯然是沒有派自己的得力幹將給傅遠山幫忙。當然，

這也是劉興洲的眼光失誤而已，他自然不知道，自己才是最有能力的一個人，但劉興洲這種搪塞傳遠山的態度，也全被周宣看在眼裏。

劉興洲的安排，張蕾是歡喜不盡，終於輪到她接觸到大任務中去了。而周宣卻仍是淡淡的表情，將證件拿回來，調令放到劉興洲那兒，然後跟著張蕾出了劉興洲的處長辦公室，在電梯口搭乘電梯到局長辦公室。

市局的行政辦公大樓一共是二十二層，而局長的辦公室就在頂層。

從十八樓到二十二樓，倒也不費時，很快到了二十二樓。這一層就是一個局長和三個副局長的辦公地點。大廳裏是辦公廳，還有幾間大大小小的會議室。

張蕾對這裏自然是不陌生的，領著周宣徑直向最靠邊的局長辦公室走去。

最高主管的辦公室，不管是哪個單位，基本上都是在最好的位置。想想也對，一個單位的最高領導若是沒有使用最好的位置，其他的副手卻用了最好的位置做辦公室，那這個副手一定是幹不長久的。這道理誰都明白，況且副手們用最好的位置，肯定還會引起同僚的嫉妒和糾紛，若是最好的位置被最高的那個主管用了，大家就都會安然無事。

在局長辦公室門口停下來後，張蕾瞧了瞧周宣，把表情調整得斯文了些。其實她之前也不是任性，而是她的主管都不給她事情做，讓她很憋悶很生氣。

不過，面對這個新來的代局長，張蕾還是不敢太任性，畢竟這是辦公室，要上班，要做事，可不是在家裏，想幹什麼就幹什麼。而一任市局局長也不是個小官了，一旦政績好，就可能會進入市裡做常委了，而一旦步入那個權力的圈子，局長的前途可就無可限量了。

所以，即使是張蕾，也是不敢輕視市局局長的，哪怕傅遠山還只是一個代局長，與實際任上還有距離，但既然能代理，說明背後還是有強勁背景的。在現在這個關口上，提任代局長，要是沒有強大的背景勢力，一樣也是辦不到的。

張蕾輕輕在門上敲了一下，門裏傳來傅遠山的聲音：「請進。」

張蕾回身對周宣悄悄說了聲：「別亂說話，一切由我來說。」

周宣淡淡一笑，道：「好啊，就由你來說。」

張蕾這才放心地輕輕推開門走進去。周宣跟在她後面。

辦公室裏就只有傅遠山一個人。這間辦公室面積頗大，傅遠山正坐在椅上輕輕轉動著身子，沒有看檔案，也沒有看電腦。

周宣與傅遠山對視一眼，微微一笑，一切盡在不言中。

張蕾在前面自然是看不到周宣的表情，趕緊上前向傅遠山敬了一個禮，然後說道：「第四刑偵組警員張蕾、周宣向代局長報到！」

傅遠山擺擺手，對張蕾說道：「知道了，你先到門外或者到大廳等一下，我要跟周警員

談一點事情。」

張蕾怔了一下，似乎有些不相信自己的耳朵。同樣是來報到的，她跟周宣也都不認識傅遠山吧，但傅遠山卻要單獨跟周宣先談？在以前，這是絕不可能發生的事情！不說本事，就以她出色的外貌，就足以得到男性長官更多的好感，但今天，似乎有些不對勁了。難道這個周宣真是劉興洲說的「超級員警」？

張蕾雖然不樂意，但傅遠山是代局長，他的意見自然不是她能對抗的。所以，除了服從，她沒有別的選擇，只能悻悻地敬禮退出辦公室去。

周宣看張蕾出了辦公室關上房門，這才對傅遠山笑笑道：

「大哥，這裏可是有點像索馬里海域啊，水深火熱的，不簡單不簡單。」

傅遠山點點頭道：「確實是。幾個副局長的嫡系都在緊緊盯著我，防著我，要辦什麼事確實不好辦。不過，好在他們的眼光只盯著我，這倒也無所謂，因爲他們不可能會想到，其實最厲害的人不是我，而是你。呵呵。現在你就去資料檔案處篩選一下，找一找破不了的大要案，看看那一件有可能找到一絲線索，咱們就抓緊破它一兩件！等我有了絕對的發言權，我們的處境就會立即改變了。」

周宣點點頭。雖然這裏並沒有像以前在天坑洞底、陰河暗流中那麼危險，但官場中的勾心鬥角卻是絲毫不弱於那些生死考驗，在那些天然的危險中，自己可以毫不猶豫地用異能轉化吞噬怪獸怪物，而現在，他卻不可能隨便把人弄消失掉。

「我通知一下，寫個條子，你就跟那個小妞一起去吧。這個小妞其實是可以當做你的擋箭牌的，以你的能力，她自然是會幫你的。現在，你們就一起去資料室裏調案子出來吧。要選什麼樣的案子，你自己挑選，我會儘量給你方便。」

傅遠山說這個話，周宣也明白，他剛來代理局長，根基不牢，底子不厚，其他部門的人最初很可能還有一些防備排斥，所以，他安排的事，其他部門不一定就會照辦，所以傅遠山才會說出「儘量」的話來。

周宣嘿嘿笑道：「那個四處的處長劉興洲很賊，派給我的搭檔是個頗爲扎手的人。這女孩子表面上看起來大大咧咧的，似乎是個花瓶，實則不然。我看她挺機靈的，但可能是因爲家世很好吧，沒吃過什麼苦頭，所以人情世故上的歷練要差一些，就是少了些經驗而已，別的方面並不差，說不定比有些男人還要強得多，所以，我們不能掉以輕心。」

「不宜多說。你們去吧。我還得把幾個副局長和幹部們召集起來開會，牽制他們的注意力。」

傅遠山寫了一張條子，遞給周宣後就揮揮手，讓周宣自去行事，他也準備著下一步的計畫。

周宣笑嘻嘻地轉身出門。此時跟傅遠山也沒必要多說，現在這個關口，多少雙眼睛都緊

盯著傅遠山的一舉一動，自己還是儘量少跟他碰頭爲好。

張蕾在外面的大廳中等候，大廳裏的辦事員大多是女性，跟她基本上是熟識的，說著談著，倒也自在。

見到周宣出來後，張蕾當即問道：「周宣，你出來了？那我進去。」

周宣搖搖頭道：「代局長讓你帶我看一下電腦資料，讓我們先熟悉一下案子。」

「哦？」張蕾怔了一下，明明傅遠山說了，跟周宣先談一下，讓她等一下，怎麼就又不談了？不過，現在回想起來，傅遠山確實也沒說還要再跟她談話的事，傅遠山如此忽視她，讓她不禁有點被摒棄的感覺了。

雖然有些不樂意，但張蕾聽了周宣的轉述，也不好意思再進去與傅遠山爭辯什麼。這個代局長好像也不是不給她面子，還是安排了她去做事，心想就先這樣吧，誰知道跟自己搭檔的這個「超級員警」是個什麼人物，先套套他的口風也好，等到試探過他的底細，再想其他的事情也不遲。

張蕾隨手指了一下大廳右側的檔案室，說道：

「走吧，檔案室就在那兒，去看看資料檔案吧。」

管檔案室的工作人員，張蕾也認識，她把傅遠山開的「便宜行事」的條子交給了工作人員，那人當即為周宣和張蕾開了門，讓他們進去查尋資料。

檔案室的資料都是極機密的，所以在網路上是不可能查到這些檔案的，只能到檔案室開電腦查尋。張蕾陪著周宣在檔案室的電腦上一起搜索研究。

一般來說，遞呈到市局的大要案都是破不了的案子。張蕾還是第一次接觸到這些案子的卷宗，興奮的調出來一件一件地查看。

每件案子都有現場的照片和物證卷宗，張蕾這時完全沒有了她那野蠻粗暴的樣子，而是安靜仔細地閱讀著電腦上的資料。

別說這是市局了，就算是一般分局或者派出所，也是人才濟濟，這些案子都是經過那些老手高手過目過的，但都沒能破案和找到有用的線索，而且，時過境遷，自然就更增加了破案的難度。以張蕾一個年紀輕輕的女孩子，自然是不可能看一眼資料就能發現破綻。

周宣就跟張蕾不一樣了，他挑了十來宗比較有影響的案子，然後把卷宗上的案件編號和證物名稱記了下來，又瞧了瞧張蕾，見她仍入神地看著卷宗，想來這時候是肯定叫不走她的，索性就伏在電腦桌上睡覺。

張蕾一點兒也沒注意周宣，只是潛心研究著卷宗，等到覺得腰痠背痛的時候，扭動了一下身子，然後看了看手機上的時間，不禁嚇了一跳。

竟然是下午兩點多了，連吃中餐的時間都過了。剛來電腦室的時候是早上十點多，到現

在竟然過了四個小時！樓下食堂的用餐時間是十二點到兩點半，現在時間早過了，食堂裏是沒得吃了，只能到外面去吃。

不過，好在她和周宣都不受限制，那個代局長對他們似乎是放了長線，由得他們自行處事，而劉興洲和陳處長呢，從派他們到傅遠山處後，就不再限制他們的自由了。

張蕾覺得很餓，再看了看周宣，忍不住有些惱怒，這傢伙此時正伏在電腦桌上呼呼大睡呢，不由得哼了一聲，狠狠推了他一把。

周宣茫然地抬起頭來，對他而言，看電腦資料和看書沒多大區別，周宣一看這些就會有想睡覺的衝動，當時那一陣還是強忍著把自己選的案子抄錄下來，之後就埋頭大睡了。

張蕾惱怒地道：「你是來混飯吃的，還是來做事的？」過後還又加了一句：「還超級呢！」

要是換了另一個人，自然不明白張蕾後來加的那句話的意思了，但周宣早聽到劉興洲對張蕾吹噓的那些話，這「超級」的意思他自然明白。現在，張蕾很顯然是在懷疑並瞧不起他這個所謂的「超級員警」。

從電腦室出來，張蕾說道：「已經過了吃中餐的時間，樓下食堂沒得吃了，只能到外面吃，出去隨便吃點吧，然後趕緊回來再看案卷！」

「好，那就出去吃吧！」

周宣這時腦子才完全清醒過來，隨聲附和著張蕾，她愛到哪兒吃就到哪兒吃吧，等吃完東西回來跟她一起到證物室，把自己記錄的案子的證物提出來探測一下，看看能不能找到什麼線索。

市局大門外往前兩百米對面是一間超市，裏面有肯德基。這附近餐廳不是很多，只有兩間，都是高檔餐廳。張蕾雖然家世不差，可從沒養成奢侈的習慣，所以第一個念頭便是到肯德基去，在那裏，兩個人最多花一百塊就夠了。

兩個人乘電梯到樓下，在大樓前的停車場時，張蕾問了一聲：「要不要開車出去？」

周宣攤攤手道：「我沒車。」

「我有。」張蕾指了指停車場邊角處的一輛摩托車，說道，「我有摩托車，騎車去的話會快一些，不過，到對面的肯德基，騎車去有些不方便。」

周宣淡淡道：「那就走路過去吧，反正也不遠，騎車確實不方便。」

張蕾聽周宣也這麼說，點點頭道：「那好，就走過去。」

只是，兩人準備出大門的時候，一個身穿警服的高個子男子走了過來，相貌看起來很帥氣，一雙眼使勁地看了周宣幾眼，邊看邊對張蕾說道：

「張蕾，要去吃飯嗎？我剛好也要去吃飯，我請你吧。」

張蕾指著周宣道：「我的搭檔周宣，工作忘了時間，我們兩個人都沒吃，你要請就得請兩個。」

「小意思，稍等一下，我開車去。」那男子轉身往停車場走去。

張蕾指著他的背影說道：「他叫朱傑，是市局特警大隊四分隊隊長，身手很強的，去年在城裏員警大比武中獲得過散打第二名。」

周宣又不是傻子，明顯看得出朱傑眼中的妒火和警惕。

這個特警大隊四分隊長，肯定是張蕾的追求者。周宣莫名其妙就惹上了一個莫須有的情敵，本來想要分辯一下，但瞧著朱傑那囂張的表情，周宣又什麼都不想說了，隨他怎麼想吧。

朱傑開了一輛吉普型的警用車，正準備將停在停車場裏的車開出來。

周宣盯著朱傑的方向，然後問著張蕾，「他是你男朋友麼？看那樣子好像要吃人一般，幸好我不是追求你的人，否則肯定有我好受的！」

張蕾嘻嘻一笑，說道：「那倒是，這個朱傑，四肢發達，身手不凡，如果我對你虛情假意的演一下戲，那他定然會私下裏找你『商量商量』，所以啊……」

張蕾說到這裏，又笑吟吟地道：「你最好還是老老實實地聽我的話，我們倆集中精力破個大案子出來，臉上就有光彩了，否則我就暗示朱傑，讓他私下裏好好『照顧』你。」

周宣淡淡一笑，說道：「你最好還是不要那樣做，我這個人呢，既不愛美女，又不愛金錢，對名利更是討厭，能吃好喝好睡好就夠了，對別的沒要求。」

張蕾氣得臉一沉，哼了哼道：「超級員警架子還挺大的，我就知道是劉興洲糊弄我的，超什麼超，讓朱傑把你狠K一頓就好了，真是的，沒看見五處四處都不願意要你嗎，要不幹出點實效來，你以後還想吃好喝好？吃稀飯喝西北風去吧！」

周宣側過頭，不再跟張蕾說話了。

張蕾氣得直咬牙。一般的年輕男子見到她，沒有一個會退開的，她瞧不瞧得起是一回事，但至少那些男人都會爲她的容貌所傾倒，但這個周宣倒是很奇怪，在大樓中看他的證件時，上面可是寫明了「未婚」的，他應該是沒老婆的人，怎麼會對她這樣的大美女無動於衷呢？

除非周宣是裝的，欲擒故縱！對了，肯定是這樣。張蕾瞄了瞄周宣，氣哼哼地想著，對於這個周宣，張蕾其實也沒有什麼好感，但不爽的是，他竟然對自己一點也不在意，這讓張蕾不禁有些失落。

女孩子就是這樣，不一定多喜歡男人，但卻喜歡他們都圍著她一個人打轉，這就是女人的虛榮心吧。

朱傑開車的技術確實不錯，幾下就把車倒出來，接著猛踩油門，把車開得像一頭老虎一般，快速兇狠地撲到周宣和張蕾面前，然後嘎一聲停下，再探身把副駕駛座上的車門打開，對張蕾說道：「小蕾，上車吧！」

張蕾哼了哼，卻是伸手把後車門拉開，對周宣說道：「上車！」

上就上吧，反正自己不可能跟張蕾有什麼瓜葛，身正不怕影子斜嘛。那朱傑既然是刑警，想必不會是個頭腦簡單的人，要是自己現在不上車，那朱傑更會認爲自己心虛害怕了，而且都在一個地方工作，躲是躲不掉的。

周宣略微一沉吟，便即上了車。張蕾板著臉跟著上了車，坐在周宣身邊。朱傑一張臉頓時難看之極，「啪」地一下關了車門，然後猛踩油門，把車咻地一下開出去。

周宣和張蕾都沒有防備，弄得前仰後合的，差點就摟在了一起。朱傑本是想讓周宣出一下洋相，卻沒想到張蕾跟周宣在一起，看到兩人身體劇烈摩擦，朱傑心裏更怒了。

本來朱傑是個聰明人，但再聰明的人在喜歡的人面前，也會變得不聰明了。而且現在又有了周宣這麼一個假想情敵，不禁更是惱怒不已。

把車開出去後，朱傑強行壓制了怒氣，然後沉聲問道：「到哪兒吃飯？」

周宣自然不答話，朱傑這話分明是在問張蕾，要是只有自己，別說請吃飯了，只怕請自己吃一頓老拳才肯甘休。從張蕾眼神中也能看得出來，這個散打亞軍很驕傲，她對朱傑的身手還是很佩服的，想來她也肯定認爲自己不夠他打的。

周宣只想趕緊吃了飯回來，把自己記下來的那些物證從罪證科取出來探測一下，看看能不能找到線索，如果有找到，那就得趕緊報告給傅遠山。時間可不等人，聽魏海河說了，傅遠山只有三天時間，三天時間一晃眼就過了。

一件大案要案，光是前期開個籌備會就要七八天，更別談破案追蹤了。而且，在市局裏積存的全都是破不了的重大案件，想要在三天內有成績，哪怕就是一件，也是不可能的。所以，他們也都等著看傅遠山的好戲。

傅遠山下不了臺，灰溜溜地走了，輸的自然就是魏海河了。這對他們來說，是有百利而無一害的，所以魏海河一將傅遠山推出來，市裡的常委領導們便立即同意。

卻不知這正是魏海河的孤注一擲。其實，他是把希望全都寄託在了周宣身上，這也是對周宣有絕對的把握，當別人自以爲傅遠山敗局已定時，卻不知道他們才是處於下風。

張蕾知道，朱傑家境很好，虛榮心又極強，如果自己不說明，他一定把自己和周宣帶到高檔餐廳炫耀，讓自己滿足，讓周宣羨慕，同時又讓周宣出盡洋相。

對於朱傑，說實話，張蕾對他並沒有太大的好感，至少是談不上愛的。不過女孩子嘛，虛榮心是有的，被一些能力強的男人呵護著，總是一件高興的事。

「去肯德基，我就吃那個！」張蕾猶豫了一下回答道。

看起來，周宣不像一個有錢的人，還是不要讓朱傑把他們領到什麼太高檔的地方去了，等一會兒吃完回去後，倒是可以讓朱傑試探一下周宣的身手，看看這個所謂的「超級員警」是怎麼個超級法。

朱傑十分不爽，但別看張蕾是個漂亮的女孩子，但脾氣性格卻不馬虎，如果不依照她說的做，野蠻起來可不會給他面子。這一點，朱傑是嘗過苦頭的。正因爲這樣，朱傑才更是毫不鬆懈地追求張蕾，什麼東西都是得不到的才是最好的，更何況，張蕾的確是長得極漂亮的。

到張蕾所說的超市美食廣場處，因爲路程很近。朱傑開不到兩分鐘便到了，他把車隨便停在公路邊上，三人便大搖大擺地下車了。

因爲他開的是警用車輛，自然不會擔心被開單罰款什麼的，然後鐵著一張臉盯著周宣，周宣面無表情地下車，徑直往超市大門走去。

在一樓走道右側便是肯德基。裏面人十分多，點餐處排了三個長隊，朱傑幾步擠上前去，他也不排隊，直接走到最前邊，對服務生說道：「不好意思，我太忙，沒有時間排隊，幫我先來兩份套餐吧。」

朱傑一身威嚴的警服，排隊的人又大多是婦女及青少年，警察要破一下例，自然是可以原諒的。

那女服務生也不敢怠慢，若是普通人出現這種情況，她們只會說「請按順序排隊」的話，但見了員警，服務員連二話都沒問，立即給朱傑弄好他的餐點。

朱傑付了錢後，轉頭看了看周宣和張蕾兩個人，見座位都沒有，當即又吩咐女服務生把餐點打包，然後提了袋子轉身走過去，對周宣說道：

「小周是吧，嘿嘿，不好意思，沒買你的份，你再排隊買吧，我先跟張蕾到車上去吃。你吃完走回來就行了，反正這裡離局裏很近，兩三分鐘而已。」

張蕾臉一沉，朱傑這個做法就太無禮了，倒是沒想到他會小心眼到這個樣子，三個人一起來，他竟然只買了兩個人的份。

周宣並不在意，這個朱傑與他毫無瓜葛，人家不買他的賬很正常，只是這人的心胸未免太窄了些。不過，他根本也沒怎麼在意，讓他們兩個先走更好，自己一個人待著更方便。

「那好，我在這兒排隊買，你們先走吧。」周宣擺擺手，隨意說著，然後到隊伍後面排隊等候起來。

朱傑看到周宣還算識相地配合他，倒是有了些笑意，說道：「小蕾，走吧，下次我請小周吃飯。」

張蕾冷冷道：「你自個兒回去吃吧。」然後對周宣說道：「周宣，多買一份，我就在這

兒吃。」

朱傑提著兩袋餐點，臉一下子黑了下來，張蕾的話讓他臉上無光，剛剛對周宣產生的一丁點好感，馬上就又消失得無影無蹤了。

請續看《淘寶黃金手II》卷七 力挽狂瀾

淘寶黃金手II 卷六 敵友難分

作者：羅曉
出版者：風雲時代出版股份有限公司
出版所：風雲時代出版股份有限公司
地址：105台北市民生東路五段178號7樓之3
風雲書網：http://www.eastbooks.com.tw
官方部落格：http://eastbooks.pixnet.net/blog
Facebook：http://www.facebook.com/h7560949
信箱：h7560949@ms15.hinet.net
郵撥帳號：12043291
服務專線：(02)27560949
傳真專線：(02)27653799
執行主編：朱墨菲
美術編輯：許惠芳

法律顧問：永然法律事務所 李永然律師
　　　　　北辰著作權事務所 蕭雄淋律師

版權授權：蔡雷平
初版日期：2013年10月
初版二刷：2013年10月20日
ISBN：978-986-146-995-9

總經銷：成信文化事業股份有限公司
地　址：新北市新店區中正路四維巷二弄2號4樓
電　話：(02)2219-2080

行政院新聞局局版台業字第3595號 營利事業統一編號22759935

定價：280元　特價：199元

國家圖書館出版品預行編目資料

淘寶黃金手II／羅曉著. -- 初版-- 臺北市：風雲時代，
2013.07 -- 冊；公分

ISBN 978-986-146-995-9（第6冊；平裝）

857.7　　　　102010303